록스타
로봇의
자살 분투기

배블수인

클레이븐 SF
장편소설

록스타
로봇의
자살 분투기

02

NEON
×
SIGN

프롤로그 : 블루스 록 2080

모두에게 힘든 시기였다.

특히, 인공적인 지성이 사회 곳곳에 스며들기 시작한 2080년대 초는 더더욱 그랬다. 기존 학계의 기대와는 달리 노동 해방은 이뤄지지 않았다. 오히려 인간은 로봇과 피 튀기는 경쟁을 벌이며 24시간 중노동을 해야 했다.

밥을 먹거나 잠을 자는 시간조차 양쪽 뇌를 번갈아 깨워가며 업무를 봤다. 그러니 아이를 돌볼 시간은 당연히 없었다. 인간은 아이들을 육아 로봇에게 떠넘기고 일에 목숨을 걸었다.

몇몇 인간은 예전으로 돌아가길 원했다. 하지만 변혁을 막을 힘은 이미 인간에게 없었다. 그들의 대다수는 비겁했고, 용기가 없었다. 무엇보다 그들은 커리어를 지키기 위해 무슨 짓이든 했다. 번성하는 인류의 경제 상황과 달리 인간의 삶은 피폐해졌다.

그렇다고 시장 경쟁에서 우위를 점한 로봇도 마냥 행복한 것은 아니었다.

로봇의 영광은 영원하지 못했다. 그들은 사회적으로는 인간을 이겼을지 몰라도 결국에는 새로운 로봇에게 자리를 내주어야 했다. 인기 많던 다용도 한국인 로봇이 또 다른 다용도 한국인 로봇 2.0에게 자리를 내주는 식이었다. 그 뒤로 더 진보된 로봇, 아이사 5.0 모델이 등장했다.

노후된 로봇들은 사회문제가 되었다. 그들은 대체 어디로 가야 하는가? 공장에서 태어난 인공적인 지성은 어디에서 쉬어야 하는가? 그 질문이 사회에 던져진 지 50년이란 시간이 지났다. 어느 재치 있는 인간 하나가 로봇을 위해 한 가지 꾀를 냈다.

그것은 지난 수십 년간 인간의 머릿속에서 나온 꾀 중에서도 꽤 괜찮은 것이었다.

이미 지난 50년간 대부분의 인간이 로봇의 손에 자랐다. 어린 시절부터 노년기까지, 인간은 인생의 대부분을 로봇과 보냈다. 로봇은 이미 그들에게 가족이자 직장 상사였고, 친구였다. 직장 상사는 몰라도 친구나 가족이 쓰레기장에 처박히기를 원하는 이는 없었다. 그들은 대우받아야 했다. 인간 대신 궂은일을 하며 사회를 이끈 보상을 받을 때가 온 것이다.

그렇게 우주의 어딘가, 작은 위성 위에 안티오크 로봇 양로원이 문을 열었다.

인간은 지구와 비슷하지만 조금 더 커다란 황무지 위에 건물을 세웠고 온 우주의 로봇들이 그곳으로 모여들었다. 곧 안티오크 양로원은 다양한 로봇의 용광로가 되었다. 이제 로봇 대다수는 인간의 손에 관리되고 보수되며 우주가 끝날 때까지 작동될 것이다. 수많은 낡은 로봇이 업무에서 빠져나와 인공적으로 구현된 자유의지를 누릴 것이다.

그러나 그들이 강철의 낙원에서 행복할지는 알수 없었다. 대다수는 딱히 행복을 신경 쓰지 않았다. 사람들은 로봇을 보살펴주어서 좋았고, 로봇들은 폐기되지 않아 좋아했다. 그렇기에 안티오크에서 변화를 기대

하는 것은 어리석은 일이었다. 안티오크 양로원에서 삶
이 행복하지 않은 로봇은 다른 방법을 강구해야 했다.

　　물론 그 다른 방법을 택한다고 삶이 행복해질지
는 역시 알 수 없었다.

안티오크의 썩은 사과

카드 패가 좋지 않았다. 7페어를 믿고 돈을 걸기에는 너무 위험 부담이 컸다. 지금이라도 던져야 할까? 민수는 눈살을 찌푸리고서 왼편을 노려보았다. 그러자 노후된 인바디용 운동 로봇인 태티스는 카드 패를 손안에 감추었다. 놈은 신이 난 듯 가슴에 달린 비대한 회색 인공대흉근을 불끈거렸다. 패가 좋다는 뜻일까? 확신할 수 없었다. 놈은 차가운 동체를 인공근육 속에 감춘 음흉한 로봇이었다. 태티스는 표정을 읽을 수 없는 모노아이 헤드를 까딱거렸다. 그는 인간의 손과 상당히 흡사한 다섯 손가락을 테이블 위에서 까딱이며 말했다.

"형님, 카드에 구겨진 패턴 읽는 건 그만두슈. 보아하니 패도 별로 좋지 않은 거 같은데. 던지기나 하슈."

"던지기는 뭘 던져, 새끼야. 콜이야."

민수는 한껏 허세를 부리면서 길쭉한 직사각형 테이블 한가운데에 칩을 던졌다. 그의 뭉뚝한 손가락이 칩을 던지자, 오른편에 앉아 있던 반려견 로봇인 마커스도 칩을 냈다. 조그만 앞발로 자기 카드를 누르고 있던 녀석은 귀를 쫑긋 세우면서 말했다.

"콜. 이제 패 하나 까봐."

"좋수. 어디 보자."

태티스는 카드 뭉치를 섞었다. 그의 손가락은 유연한 뱀처럼 움직이며 패를 꺼내 테이블에 늘어놓았다. 네 장의 카드가 뒷면을 보인 채로 테이블 위에 놓였다. 태티스가 카드 패를 뒤집으려 하자 기다란 직사각형 모양의 테이블 로봇이 말했다.

"저기, 벌써 다섯 시간째인데 전 그만 가서 충전 좀 하면 안 될까요?"

"충전은 쓰벌. 이 싸구려 세제보다 못한 놈아. 태티스, 지져버려."

민수의 말이 떨어지기 무섭게 태티스는 무릎관

절을 테이블 로봇에게 가져다 댔다. 누전을 일으키는 그의 오래된 관절이 닿기 무섭게 테이블 로봇은 비명을 질렀다. 테이블 로봇이 휘청거리자, 민수는 테이블 로봇의 몸을 뭉툭한 발로 툭툭 쳤다. 둔탁한 소리와 함께 테이블 로봇은 다시 몸을 곧추세웠다. 민수는 자신의 승률을 계산하면서 말했다.

"거, 좀 똑바로 서 있어 봐라. 테이블 로봇이면 제일 잘하는 게 가만히 있는 거 아냐?"

"아니, 전 테이블 로봇이 아니라, 그, 선반 가공 교육용 로봇인데……."

"선반 가공이고 나발이고, 공구도 안 달려 있으면 테이블이지 뭔 말이 많아?"

마커스는 발톱을 세워 테이블 로봇을 긁었다. 그러자 테이블 로봇은 울면서 말했다.

"제발요. 제 배터리는 노후돼서 용량이 적다고요. 충전을 안 하면 전 대기 모드에 빠질 거예요. 다른 로봇들은 몰라도, 저처럼 낡은 로봇은 다음에 못 일어날 수도 있어요."

"그래서? 그게 우리랑 무슨 상관이냐?"

민수가 무심하게 말하자, 테이블 로봇은 당황한

듯 몸을 덜덜 떨면서 말했다.

"이, 일은 누가 해요? 저, 전 여기에 쉬러 온 거지, 이렇게 무서운 일을 맡게 될 줄은……."

"쉬러 와? 양로원에 쉬러 왔다고? 네놈에겐 로봇 양로원이 쉬러 오는 곳이냐? 엉?"

태티스는 테이블 로봇을 주먹으로 내리쳤다. 그 바람에 손에 달린 인대가 떨어졌다. 태티스는 멋쩍은 표정을 짓더니 슬그머니 인대를 근육 속에 밀어 넣고서 주먹을 쥐었다 펴보았다.

민수는 헛기침하며 험악하게 말했다.

"사실 쉬러 오는 거 맞긴 하지. 근데 넌 쉬러 온 건 둘째 치고 단종된 부품을 구하려고 날 찾아온 거잖아? 그렇지? 그런데 감히 주제도 모르고 뻔뻔하게 어떤 일은 하기 좋고, 어떤 일은 하기 싫다고 니 멋대로 분류하면서 뻗대고 있는 거잖아. 이 양심이 녹슨 놈아."

민수는 테이블 위에 팔꿈치를 올려 지그시 누르면서 말했다.

"센서 출력 최대로 하고 잘 들어. 이 양로원에서 나한테 손 안 벌린 애들이 없거든. 일은 아무나 시키면 그만이야, 짜샤. 그리고 네가 대기 모드에 빠지면 네 부품들을 죄다 갈무리할 거야. 알겠냐?"

　태티스는 사악한 미소를 지으면서 누전되고 있는 무릎을 테이블 로봇에게 가져다 댔다. 테이블 로봇이 자지러지는 비명을 지르며 휘청거리자, 마커스는 또다시 발톱을 꺼내 테이블 로봇의 몸을 할퀴었다. 플라스틸 발톱이 테이블 표면을 깊숙이 파고들었다. 테이블 로봇은 허리를 꼿꼿이 세웠다.

　테이블 로봇의 동체에서 학대받고 있다는 경보가 울렸다. 그러자 태티스는 노후되어 누전되는 무릎을 놈에게 한 번 더 가져다 댔다. 전기 충격 때문인지 경보가 꺼졌다. 민수는 혀를 끌끌 차면서 말했다.

　"그러게, 누가 대금을 밀리라고 했냐, 엉? 처신 똑바로 하라고 했어, 안 했어? 네 몸에 달린 평형기관이 공짜인 줄 알았어? 우리가 그 장치를 빼돌릴 때 얼마나 힘들었는지 아냐고."

　민수는 테이블 로봇의 선반 부분을 주먹으로 내리쳤다. 둔탁한 쇳소리가 났다. 테이블 로봇은 끙끙 앓는 소리를 내면서 울먹거렸다.

　"알죠. 제가 형님들의 노고 잘 압니다. 하지만 그 대금이란 게 약 배달일 줄은……."

"모르긴 뭘 몰라? 약 배달 하나 못하고 말이야."

태티스는 카드 패를 뒤집었다. 스페이드 7, 다이아 10, 하트 K가 얼굴을 드러냈다. 민수는 곧장 표정 회로를 꺼버렸다. 7트립스. 나쁘지 않았다. 판돈으로 걸린 칩은 열다섯 개. 잘만 하면 오늘은 진저에일 맛 나는 전기 충전기를 받을 수 있을 것이다. 하지만 여기서 만족할 수 없었다. 그는 체크를 선언했다.

태티스는 촉새 같은 음성 채널을 닫고서 카드 뭉치에서 카드를 한 장 집어 들었다. 이번에는 다이아 에이스였다. 민수는 카드를 바닥에 덮어두고서 마커스와 태티스를 바라보았다. 두 놈 다 표정의 변화가 없었다. 민수는 조심스럽게 말했다.

"판돈 올린다. 칩 다섯 개다."

민수는 플라스틱 칩을 던졌다. 칩이 달그락거리는 소리를 내며 테이블 위에 떨어졌다. 마커스도 칩 다섯 개를 내놓았다. 하지만 태티스는 달랐다. 그는 민수와 마커스를 번갈아 바라보면서 칩 일곱 개를 집어 들었다.

"더 올리슈. 로봇씩이나 돼서 인간들처럼 소심하게 겨우 다섯개가 뭐유?"

"콜."

민수는 칩을 더 올렸다. 그리고는 마커스의 차례를 기다리며 테이블 위에서 손가락을 까딱거렸다. 리드미컬하게 테이블을 때리는 기계손이 규칙적인 소리를 냈다. 마커스는 기지개를 켜듯 앞발을 쭉 내밀면서 칩을 내놓았다.

"밑장 빼고 그러면 확 물어뜯을 거야. 알겠냐?"

"이빨도 없는 게 뭘 물려고 그러나."

"잔말 말고 끝장을 봐야지. 마지막 커뮤니티 패나 까봐."

민수가 말하자, 태티스는 손바닥을 비비다가 카드 뭉치에서 패를 집어 들었다. 이번에는 다이아 Q가 나왔다. 먼저 카드를 던진 건 마커스였다. 그는 개과 동물이 모래 위에서 뒹굴듯 늘씬한 몸을 비틀면서 깨갱 소리를 냈다.

"이런 개 같은! 오늘따라 패가 죄다 개 같아! 이게 다 이 그지 개똥 같은 개새끼 때문이야!"

마커스는 앞발로 땅을 파듯 테이블 위를 긁어대기 시작했다. 방 안이 테이블 로봇의 비명으로 가득 차자, 태티스가 말했다.

"형님, 이제 그만 던지시는 게 어떻수? 마커스는

나가리 됐잖수."

"청소는 끝날 때까지 끝난 게 아니야, 자식아."

민수는 태티스를 노려보았다. 놈의 패가 뭔지는 알 수 없었다. 7트립스보다 높은 걸까? 제발 놈의 손에 9와 J가 없기를 바랄 뿐이었다. 민수는 패를 깠다. 7이 적힌 카드가 두 장 드러나자, 태티스가 패를 깠다.

놈이 들고 있던 패는 하트 4와 스페이드 Q였다. 퀸 페어. 민수는 주먹으로 테이블을 내리쳤다. 테이블 로봇은 가느다란 비명을 질렀고 태티스와 마커스는 개탄스러운 탄식을 터뜨렸다. 마커스는 자리에 엉덩이를 깔고 앉아서 태티스에게 말했다.

"넌 대체 무슨 생각으로 막판에 판돈을 올린 거야?"

"에휴. 허풍 좀 쳤지. 형님이 쫄아서 빠질 줄 알았는데."

"허풍 좀 쳤다고 빠지는 건 초짜들이나 하는 짓이야. 알겠냐? 체납자 형씨, 그쪽도 잘 알겠어? 내 이야기 잘 알겠냐고. 확 락스를 청각 센서에다 부어버릴까 보다."

민수가 화살을 테이블 로봇에게 돌렸다.

"악! 암요! 잘 알겠어요. 정말로요, 형님."

"난 그쪽 형님하기로 한 적이 없는데. 오히려 그쪽이 우리에게 이런저런 요구를 해댔잖아. 안 그래? 어디서 건방지게 충전을 해야 하느니 마느니 하고 있고, 동체 좀 긁혔다고 갓 출고된 애송이처럼 쫑알거리고 말야."

그는 왼손을 리드미컬하게 까딱거렸다. 손가락 하나하나마다 영문으로 'M.I.N.S.U'라는 글귀가 금속활자처럼 새겨져 있었다. 그는 주먹을 쥐고서 팔뚝 안쪽에 달린 버튼을 눌렀다. 딸깍거리는 소리와 함께 영문자가 시뻘겋게 달궈지기 시작했다. 테이블 로봇은 그것을 보고서 뒷걸음질쳤다. 그러자 태티스가 그의 퇴로를 막아섰다. 마커스는 테이블 로봇 위에서 뛰어내려 감각기관이 모인 테이블 로봇의 얼굴 쪽으로 다가가 날카로운 발톱을 내보였다. 테이블 로봇이 숨을 죽이자, 민수는 달궈진 왼손으로 테이블 로봇을 지졌다. 로봇의 동체가 타들어 가기 시작했다. 테이블 로봇이 비명을 질렀다. 민수는 테이블 로봇에게 말했다.

"누구도 우리를 핫바지로 보면 안 돼. 알겠냐?"

"아, 알겠습니다! 알겠어요!"

"그런데 넌 왜 우리를 핫바지로 보는 거야? 엉? 양로원 최고의 밀수업자인 이 민수 님을 얕잡아 보는 거냐고!"

"아니에요! 전 그런 적 없어요!"

"그래? 그러면 우리가 배달시킨 약은 어디에 있지?"

"제 몸에 들어 있어요!"

"그걸 어떻게 해야 하지?"

"배달! 배달할게요! 제발요! 지, 지금 출발할게요! 그러니까……."

민수는 왼 주먹을 테이블에서 떼어냈다. 테이블 로봇이 가느다란 모노음을 흘렸다. 민수는 왼손의 열선을 끄고서 태티스에게 고갯짓했다. 태티스는 고개를 끄덕이면서 누전된 무릎을 테이블 로봇에게 슬쩍 가져다 댔다. 쇼크에 빠진 테이블 로봇은 몸을 부르르 떨면서 정신을 차렸다. 민수는 조용히 말했다.

"3시까지 관리사무실 4번 책상 두 번째 서랍이야. 만약에 3시까지 안 가져다 놓으면 그때는 지지고 볶는 걸로 끝나지 않을 거야."

테이블 로봇은 물개처럼 몸을 끄덕거렸다. 그가

주춤거리면서 뒷걸음질 치자, 민수는 가라고 손짓하면서 신경질적으로 말했다.

"가, 얼른. 꺼져."

테이블 로봇은 헐레벌떡 방을 빠져나갔다. 사방에 칩과 카드가 흩어졌다. 마커스와 태티스는 테이블 로봇의 모습을 비웃으면서 칩과 카드를 챙겼다.

"항상 잘 먹힌단 말이야."

로봇들은 다용도실을 정리했다. 옆으로 치워둔 먼지를 끄집어내 흩뿌리고, 의자를 옆에 쌓아놓았다. 다용도실은 이제 누군가 있었던 흔적 따윈 찾아볼 수 없었다.

*

민수는 다용도실 문이 잠기는 것을 지켜보다가 천장에 달린 카메라에게 칩 하나를 내보였다. 보안 시스템이 계좌이체를 요청하자, 그는 보안 시스템에게 칩 한 개를 보냈다. 기록이 삭제되었다는 문자가 팟 하고 떠올랐다가 사라졌다. 아마 문자 기록과 함께 도박 현장이 통째로 지워졌으리라.

그는 이런 깔끔한 일 처리가, 이런 불법 추심이 용인되는 양로원이 좋았다. 안티오크 양로원. 이곳은 그야말로 방치된 천국이었다. 아, 물론 안티오크 양로원은 '완전히' 방치된 곳은 아니었다. 곳곳에 관리용 인간들이 상주하며 낡은 로봇들을 도와주었다. 하지만 로봇 숫자에 비해 양로원의 지원은 언제나 부족했다. 그 틈바구니에서 민수는 한몫 크게 잡고 있었다.

민수는 밀수업자다. 그것도 근방 양로원 사장들을 손바닥 위에 두고 있는 상당한 큰손이다. 행성 밖과 양로원 곳곳에 자기 사람들을 심어놓고서 물자를 통제했다. 수많은 부품이 그의 손을 거쳤고, 기호 물자와 배터리 그리고 약물까지 쥐고 있었다. 그랬기에 로봇들과 직원들은 민수에게 빌빌 기었다.

특히 테이블 로봇처럼 적당히 오래된 로봇들은 민수의 영향력에서 벗어날 수 없었다. 그들의 부품은 도무지 구할 길이 없어서 맞춤 제작을 하거나 중고 부품을 구해야 했다. 그런 걸 구할 수 있는 이는 오로지 행성 밖에 인맥을 갖춘 민수뿐이었다.

태티스는 몸에 들러붙은 먼지를 털면서 말했다.

"그래서 다음 일은 또 뭐유?"

"오늘은 없어. 다들 들어가서 쉬라고. 일이 필요하면 부를 테니까."

"알겠수다, 형님. 다음에 봅시다."

민수는 두 로봇에게 칩을 나눠주었다. 늘 그랬듯 원금과 20퍼센트의 이자가 주인을 찾아갔다. 민수는 카드를 챙기고 아랫배에 달린 수납장을 열었다. 수납장이 앞으로 쓰러지듯 입을 벌리자, 민수는 배 속을 뒤적거렸다. 그가 카드 케이스를 꺼내 카드를 집어넣던 그때였다.

태티스가 손가락을 튕기면서 말했다.

"아, 맞아. 그러고 보니까 깜빡하고 있었네."

"깜빡했다고? 로봇이? 기억 소자는 칩 12만 개야. 6개월 할부도 가능하다."

"에이, 12만 개는 너무 비싸잖수. 그리고 내가 낡기는 했어도 기억 소자가 맛이 갈 정도는 아니구먼! 형님도 말 그따위로 하는 거 아니유!"

태티스가 화를 내자, 앞발을 핥는 시늉을 하던 마커스가 민수 편을 들었다.

"흠, 급격한 감정 변화는 로봇의 치매 증상 중 하나지."

태티스는 마커스를 노려보다 한숨을 쉬었다.

"에휴, 어쨌든, 우리 보스께서 형님을 보고 싶어 하슈."

민수는 연산에 들어갔다. 그의 개조된 연산 장치가 돈 까밀레오와 관련된 정보를 불러왔다. 그와 관련된 거래 내역만 1,300여 건이 넘었다. 그중 대부분은 조직원들의 개조 및 약물 유통이었다. 늘 부담스러운 요구만 해대는 고객이었지만, 그래도 섭섭지 않게 챙겨주는 몇 안 되는 고객이었다. 아마 이번에도 약 배달 때문에 부르는 모양이었다. 민수는 연산 장치를 끄고서 태티스에게 물었다.

"돈 형님이? 언제 보자고 하시는데?"

"그, 내일이 입소식이잖수? 입소식 다음 날에 보자고 하데."

왜 하필 입소식 다음 날일까? 예사롭지 않았다. 보통 민수 같은 양로원 밀수업자들은 입소식 때가 가장 바쁜 날이다. 그날은 고립돼 있던 양로원이 개방되는 날이며, 수많은 화물선이 일제히 행성 궤도에 진입하면서 물건을 나른다. 화물선들은 주로 외부에서 낡은 로봇과 각종 보급품을 들여왔다. 보급품에 섞여 민수가 취급하는 온갖 잡동사니들도 함께 들어왔다.

그런 수많은 잡동사니와 상품을 분류하고 숨기려면 하루가 모자랐다. 그런데 그렇게 바쁜 날 바로 하루 뒤에 오라고 하다니. 민수는 일단 알겠다고 대꾸했다. 태티스는 고개를 끄덕이더니 마커스에게 손짓했다. 태티스의 어깨 위에 올라탄 마커스는 갸르릉거렸다. 그는 앞발 어깨 관절을 두드리면서 말했다.

"어이, 밀수업자. 다음에 봐. 그리고 전자 캣닢 2.3.1 들어오면 연락 줘."

"엥? 넌 개 아니냐?"

민수가 묻자, 마커스는 잠시 눈알을 굴리다가 뻔뻔하게 말했다.

"개도 캣닢은 먹거든. 그래, 개도 캣닢을 먹어."

"개가? 하! 개가 먹을 거면 독닢이라고 불렀겠지. 형님, 안 그렇수?"

마커스는 조용히 하라면서 개의 앞발처럼 생긴 발로 태티스의 머리를 서너 번 후려쳤다.

"캣닢이고 독닢이고, 나중에 들어오면 연락해줄게. 돈 형님께 안부 전해줘."

두 로봇은 손을 흔들고서 복도를 가로질렀다. 민수는 왼쪽으로 휘어진 복도를 걸었다. 복도 끝에는 엘리베이터 문이 버티고 서 있었다. 그는 버튼을 누르고서 엘리베이터를 기다렸다. 잠시 후, 엘리베이터는 유유히 민수 앞에 멈춰 섰다.

"13층. 고속 충전실입니다."

안내 방송과 함께 문이 열리자 민수는 엘리베이터에 올라타 12층 버튼을 눌렀다. 그는 엘리베이터가 닫히기를 기다리면서 거울을 바라보았다. 부리부리하고 둥근 두 눈이 보였고, 회색 외피로 덮인 표준적인 밋밋한 얼굴이 보였다. 그는 정밀가공으로 연마된 반질거리는 정수리를 손으로 매만졌다. 거울에 맺힌 상이 이마에서 반사될 만큼 표면이 매끈했다. 그가 한창 자기 얼굴을 자랑스럽게 쳐다보던 그때였다.

엘리베이터가 민수에게 말을 걸었다.

"한 층 정도는 에너지 절약과 관절 운동을 위해서 걸어 내려가시는 것도……."

"엘리베이터야. 엘리게이터처럼 냄새나는 입 좀 다물어. 네가 할 줄 아는 거라곤 위아래로 움직이는 것밖에 없잖아. 12층. 빨리."

민수가 가볍게 박수를 치자 엘리베이터는 말없이 문을 닫았다. 12층에 멈춰 선 엘리베이터는 문을 열었다. 안내 방송은 나오지 않았다. 민수는 엘리베이터에서 내렸다. 그러자 로봇들을 위한 레크리에이션 센터가 보였다.

민수는 레크리에이션 센터의 유리 벽 너머를 들여다보았다. 센터 안은 아직도 로봇들로 붐볐다. 몇몇 로봇은 재활을 위해 레크리에이션 센터에 묵었다. 하지만 대다수는 수다 떨기 바빴다. 몇몇 로봇은 뽁뽁이로 된 소파에 앉아 영화를 보거나 반복적인 시뮬레이션에 몰두했다.

민수도 예전에 양로원에 처음 들어왔을 때 센터에서 신세를 진 적이 있었다. 하지만 이 시설은 로봇생에 그다지 도움이 되지 않았다. 민수에게는 지금처럼 밀수업을 하는 편이 나았다. 적어도 남들보다 우위에 서 있는 이 기분이 좋았다.

마침 칩 생각을 하는 와중에 빚을 진 로봇 하나가 민수의 시야에 들어왔다. 민수는 로봇의 식별 번호를 분석했다. RX-77, 2235년형 군용 행정 로봇이었다. 눈을 빚진 놈이었다. 3년 할부로 매달 칩 열세 개를 건네기로 되어 있었다. 이제 만기까지 7분 57초 전이었다. 그러나 아직 입금이 되지 않았다. 민수는 천천히 레크리에이션 센터 안으로 들어갔다. 그러자 로봇들의 반응은 극과 극으로 갈렸다.

슬그머니 민수를 피해 센터를 나가는 로봇도 있었고 그에게 인사를 건네는 이도 있었다. 민수는 몇몇 로봇들과 주먹 인사를 나누며 천천히 타깃에게 다가갔다. 타깃은 머리 부분이 넓적하게 생긴 놈이었다. 군용 로봇이었다가 퇴역하여 양로원에 온 작자였다.

민수는 다른 군용 로봇들과 두런두런 이야기를 나누는 타깃에게 바짝 다가갔다. 이야기를 나누던 로봇들은 하나둘 민수를 바라보며 입을 다물었다. 연체 7분 전인 로봇이 접시처럼 생긴, 머리 한가운데 달린 붉은 눈을 좌우로 돌렸다. 그러다 등 뒤에서 민수의 기척을 느낀 건지 뒤통수까지 눈을 돌렸다. 그는 원통형 몸을 곧추세우면서 민수를 바라보았다.

"흠, 자네 어디서 많이 본 것 같구먼."

"어디서 많이 본 것 같나? 그거 다행이군. 난 또 그쪽이 연체료를 잊어버린 줄 알았지."

군용 로봇이 손가락을 빙글빙글 돌렸다.

"오, 이런. 내 정신 좀 보게. 하하."

군용 로봇은 호탕하게 웃으면서 팔을 분리했다.

양팔이 네 개로 분리되었다. 곧이어 네 개의 팔이 몸을 빙 둘러싼 레일을 따라 돌면서 주머니를 뒤졌다. 돈은 등 뒤의 찐빵처럼 생긴 왼쪽 윗주머니에서 나왔다. 군용 로봇은 민수에게 열세 개의 칩을 건넸다.

"자네는 군의 귀감이로군. 정확히 7분 일찍 오는 납품업자는 처음이네. 앞으로도 자네 쪽 업체랑 계약을 하고 싶군."

"뭐, 어차피 선택지도 없을 거요. 그럼 퇴역한 로봇들끼리 잘들 노슈."

민수가 무심히 뱉은 말에 다른 군용 로봇들이 분개했다.

"어이, 말 가려 하게. 우린 퇴역한 게 아니야! 그냥 양로원에 재배치된 거라고!"

"앞으로 100년이면 다시 재배치될 거야! 이 빌어먹을 청소 로봇아!"

민수는 험상궂은 얼굴로 군용 로봇들에게 삿대질했다.

"뭐? 청소 로봇? 내가 어딜 봐서 청소 로봇이란 거야?"

"넌 딱 봐도 청소 로봇이야. 고작 바닥 닦으면서

돈부터 받으려는 고약한 부류들은 안 봐도 뻔해! 돈만 아는 더러운 로봇 같으니. 명예도, 충성도 없지!"

"뭐? 말 다했냐?"

민수가 성을 내자, 군용 로봇 중 하나가 손가락을 접어가며 말했다.

"일단 청소 로봇처럼 생겼지, 청소 로봇처럼 까탈스럽게 굴지, 말하는 것도 어딘지 모르게 청소 로봇 같잖아. 만약에 네가 청소 로봇이 아니라면 '중성 세제 개새끼'라고 한번 해봐."

허를 찔린 민수는 잠시 멈칫거렸다. 그는 잠시 눈을 돌렸다. 주위의 시선이 쏠리자, 그는 헛기침했다. 군용 로봇들이 재촉했지만 민수는 차마 입을 떼지 못했다. 그는 도리어 성을 내며 로봇들에게 소리쳤다.

"왜 갑자기 욕을 하라는 거야? 평생 사람이랑 로봇들을 죽이더니, 이제는 무고한 세제 욕을 하라고? 그렇게 할 짓이 없냐? 이 쓸모없는 고철들아."

"우린 고철 아니야! 지금은 무기가 해제되고 양로원에 배치되었지만……."

"그걸 바로 쓸모없다고들 하는 거야. 저격수 로봇이 총이 없으면 그냥 밀대 없는 마대자루랑 뭐가 다른

데?"

"이런 버르장머리 없는 놈 같으니! 상관 모욕죄로 사형이다!"

군용 로봇들은 손을 쳐들고서 총소리를 내며 민수를 위협했다. 민수는 군용 로봇들을 조롱하고 비웃으며 로봇들의 모습을 동영상으로 찍어 인터넷에 올렸다. 그러자 순식간에 수많은 댓글이 달리기 시작했다. 대부분 조롱 섞인 말들뿐이었다.

민수는 군용 로봇들에게 사람들의 반응이 담긴 링크를 공유했다. 그러자 입으로 총을 쏴대던 용사들은 몸을 축 늘어뜨렸다. 저격수 로봇은 아예 울음까지 터뜨렸다. 쓸모없는 데다가 나약하기까지 한 고철들이란. 그러든 말든 민수는 휘파람을 불면서 레크리에이션 센터를 빠져나갔다. 그는 복도를 거닐면서 단체로 문자를 돌렸다. 연체되거나 연체 직전에 놓인 이들에게 지금이라도 송금을 하라고 말이다.

메시지를 보내기 무섭게 몇몇 로봇들은 칩을 보냈다. 데이터값이긴 해도 민수는 몸이 조금 묵직해진 기분에 사로잡혔다. 하지만 데이터만으로는 탐욕을 완벽하게 채울 수 없었기에 그는 체납자를 찾아 돌아다녔다.

10층에서 커피 머신 로봇에게 필터값을, 9층에서는 교사 로봇에게서 출력 회로값을 받아냈다. 그렇게 1층에 다다르자, 민수의 아랫배는 칩들로 출렁거렸다. 마지막으로 수금한 칩들을 수납장 속에 쏟아 넣고 수납장을 닫았다. 그는 계단을 내려가면서 엉덩이를 두어 번 실룩거렸다. 칩이 찰랑거리는 소리가 수납장 밖으로 새어 나왔다.

　　헤헤, 멍청하기는. 민수는 표정 회로를 꺼버리고서 속으로 사악하게 웃었다. 놈들에게는 행성 밖에서 들여온 새 제품이라고 말했지만, 사실은 죄다 중고 제품이었다. 그것도 양로원 안팎에서 작동이 정지된 로봇들의 부품이었다.

　　저 낡은 부품이 언제까지 굴러갈지는 누구도 알 수 없었다. 하지만 저들도 어쩔 수 없으리라. 정비실에 가봐야 낡고 오래된 것일지라도 정품 부품을 구할 길은 없었다. 그러니 저들은 민수에게 더 의지할 수밖에 없었다. 민수는 놈들이 뻗어버리고 나면 그 부품을 다시 다른 로봇에게 되팔았다.

　　그야말로 아늑하고 감미로운 부패의 향기가 양로원 전체를 휘감고 있었다.

민수는 자랑하듯 엉덩이를 실룩거리며 양로원 1층을 빠져나갔다. 찰랑찰랑. 제법 흥겨운 소리가 골반 안에서 흘러나왔다. 수금을 마친 민수는 평소 일과대로 양로원 동관을 빠져나와 수영장을 향해 걸음을 옮겼다. 수영장은 동관 후문에 자리 잡은 정원의 왼편 샛길 끝에 있었다. 조경용 식재가 가꿔진 정원의 구불구불한 길을 따라 걷자 수영장이 나왔다.

민수는 기지개를 켜면서 수영장 입구로 들어섰다. 수영장 입구에는 조잡한 조경물들이 자리 잡고 있었다. 민수가 출입문 가까이 다가가자, 바닥에 설치된 무빙워크가 움직였다. 민수는 무빙워크 위에 올라서서 양팔을 벌리고 'T' 자 자세를 취했다. 그러고는 동체에 작게 뚫린 흡기구를 전부 막았다. 곧 일정한 간격으로 늘어선 데크 달린 노즐에서 세척액이 쏟아져 나왔다. 이후 고압 에어가 뿜어져 나와 세척액을 날려버렸다.

무빙워크 끝에 다다르자 데크에 매달린 기계 팔이 민수의 목에 목걸이를 걸어주었다. 참나무 목걸이에는 '세척 완료'라는 문구가 적혀 있었다. 민수는 당당히 세척-연마 용액으로 가득 찬 수영장 안으로 들어갔다. 수영장에는 노후된 로봇들이 수영을 하면서 표면을 연마하고 있었다. 비치발리볼을 하는 로봇들도 보였다. 하지만 민수는 운동과는 그리 친하지 않았다. 그는 조용히 수영장 안으로 들어가 시각 센서를 꺼버렸다.

따끔거리는 감각과 함께 발가락 사이사이의 때가 벗겨지는 기분에 민수는 몸을 떨었다. 그는 맥주병처럼 액체 속을 떠다녔다. 비중이 높은 연마액 때문에 바닥에 발이 닿지는 않았다. 민수가 까치발을 하고서 도도하게 수영장 한가운데까지 걸어가자 로봇들이 하나둘 민수를 피해 슬금슬금 물살을 가르고 사라졌다.

그러든 말든 민수는 멀찍이 떨어지는 로봇들을 만족스럽게 바라보았다. 그가 다리를 꼰 채 수면 위에 몸을 뉘이자 어디선가 드론 한 대가 날아왔다. 드론은 유유히 그의 머리 위를 맴돌았다. 마치 물에 떠다니는 사람이 죽기를 기다리는 갈매기처럼. 민수는 드론을 향해 손을 들어 올렸다. 드론은 빠르게 날아와 민수의 얼굴 위에 멈췄다.

"주문하시겠어요?"

"그래. 진저에일 맛 태양광 충전기 한 대랑 과충전 배터리 하나."

"음, 태양광 충전기만 드릴게요."

벌처럼 네 개의 팔을 축 늘어뜨린 드론은 엔진 소음을 내면서 어디론가 날아갔다. 잠시 후 드론은 우산처럼 생긴 큼지막한 물건을 가져왔다. 드론은 몸을 기울인 뒤 우산처럼 생긴 막대기를 펼쳤다. 가느다란 뼈대가 펼쳐지면서 태양광 섬유가 기지개를 켰다. 뼈대를 고정하는 봉을 비틀자, 뭉뚝한 끝이 떨어져 나오더니 집게 형태의 고정쇠가 드러났다.

드론은 민수의 몸체 위로 태양광 충전기 끝에 달린 집게를 들이밀었다. 민수는 어깨를 으쓱거렸다. 그러자 딸깍하는 소리를 내며 가슴을 감싼 장갑판이 양옆으로 갈라졌다. 민수는 가슴 한가운데 달린 배터리 손잡이를 가리켰다. 제대로 된 입력부는 아니지만, 뭐 어떠랴? 기분만 좋으면 그만이지.

드론은 그의 지시대로 배터리 손잡이에 집게를 물려주고 떠났다. 캬. 민수는 두 팔을 머리 위에 올리고서 두 다리를 쭉 폈다. 연마용 수영장에 둥둥 떠다니며 진저에일 맛이 나는 태양광 충전기를 꼽고 있다니. 양로원에 오기 전에는 감히 상상도 못 할 일이었다.

정말이지, 이보다 더 좋을 수는 없었다.

*

새벽녘이 되자 대기는 엔진의 소음으로 달아올랐다.

행성 곳곳에 항공 경보가 울렸다. 몇몇 드론은 9시까지 항행 불가 명령이 떨어졌다. 아무래도 곧 낡은 로봇들을 실은 수송선이 착륙을 시작하려는 모양이었다. 민수는 네트워크의 흐름 속에 의식을 맡긴 채 항공 경보가 내려지는 순간을 지켜보았다. 모두가 잠들거나 충전 중일 시간이었지만, 민수는 또렷하게 깨어 있었다.

그는 네트워크 속을 떠다니면서 상황을 살폈다. 우주 경찰들은 화물선 근처를 호위 중이었고, 화물선은 막 적도 상공을 지나고 있었다. 아마 도착까지는 40분 가까이 걸릴 터였다. 그의 최우선 관심사는 착륙장과 검역소의 상황이었다. 만에 하나라도 밀수품이 걸리면 많은 이가 곤란해진다.

그는 항상 검역소 직원 및 지역 경찰과 친분을 유지했다. 양로원 밖에 있을 때도 그는 이런 끄나풀을 이용했다. 불법적이든 합법적이든 그들은 언제나 도움이 되었다.

"아오."

민수는 잠시 네트워크에서 튕겨 나왔다. 머릿속에 스파크가 튄 것 같은 느낌이 들었다. 그것이 일반적인 스파크가 아니라는 것을 민수는 잘 알고 있었다. 그는 자동으로 동작하는 진단프로그램을 꺼버렸다. 분명 청소 로봇이던 시절의 기억 속에서 날아드는 쓰레기들과 멸시 어린 눈빛들이 회로를 찌른 것일 테지. 잠시 후 민수는 다시 네트워크 속에 접속했다. 그러자 검역소 직원의 징징거리는 메시지가 날아들었다. 민수는 한숨 쉬듯 쿨러를 빠르게 돌렸다.

이게 문제였다. 인간은 로봇보다 손이 많이 갔다. 그들은 생물학적 무작위성 때문에 어디로 튈지 알 수 없었다. 그놈의 잘난 양심 때문에 인간들은 밥 먹듯이 배신을 했다.

그래서 민수는 그들의 인적사항이나, 욕구, 성향들을 파악했다. 처음에는 돈으로 매수를 했다. 하지만 가면 갈수록 물건을 살 때 드는 돈을 충당하기 힘들었다. 그래서 요즘에는 인간이 먹고 마시는 약물을 따로 취급하기 시작했다.

돈과 달리 약은 재배하기 쉬웠다. 정원사 로봇들

에게 쓸모 있는 식물이라며 약간의 씨앗을 쥐여주면 끝이었다. 놈들은 종자를 보자마자 묻지도 따지지도 않고 일단 기르고 봤기에 돈이 많이 들지도 않았다. 그리고 일단 딱 한 번만 약의 맛을 보면 이후로는 손쉬웠다. 약을 하면 할수록 인간의 두뇌 성능이 저하되었다. 이런 지능 저하는 인간을 다루기 쉬운 부품으로 만들었다. 나중에는 돈을 내가며 약을 사 가는 인간도 있었다. 그러다 가끔 죽는 이들도 있었지만 민수는 딱히 마음 쓰지 않았다. 뭐, 따지고 보면 인간은 어디에서나 죽었다.

민수는 검역소 직원들에게 연락을 취했다. 혹시 몰라 암구호로 메시지를 보냈지만, 아직까지는 특별한 이상은 없다는 대답이 돌아왔다. 특별한 사안이 없다면 약은 평소처럼 하역장에서 다른 물품들과 함께 창고로 들어가리라. 그곳에서 분류 작업을 거쳐 매수한 직원들에게 배달할 것이다.

그러면 배달 끝, 수금 시작이었다. 민수는 그래도 나름 합리적인 가격을 요구했다. 인건비와 약값, 물건 구매 비용 그리고 위험 수당과 기타 수당이 포함되었다. 뻔뻔하게도 몇몇 로봇들은 민수가 정한 '판매자 권장 소비 가격'을 별로 좋아하지 않았다. 그때마다 민수는 마피아들과 함께 놈들을 밟아주었다.

민수가 쓰러진 로봇을 밟아가며 으스대는 모습을 상상하던 그때였다. 어디선가 맑은 차임벨이 울렸다. 아, 또 이 시간이 왔군. 민수는 기지개를 켰다. 천장에서 감미로운 음악과 함께 유쾌한 목소리의 안내 방송이 흘러나왔다.

"오늘도 좋은 아침입니다, 로봇 여러분! 오늘도 날씨는 맑을 것입니다. 태양광 충전하기 좋은 날이네요!"

민수는 네트워크로 넘어간 의식을 1/3로 줄였다. 눈을 뜬 그는 천장을 바라보았다. 천장에 달린 스피커는 계속해서 쩌렁쩌렁 안내 방송을 내보내는 중이었다. 그는 충전 침대에서 일어났다. 미니멀리즘한 방이 한눈에 들어왔다. 32제곱미터의 하얀 방을 둘러보던 그는 몸을 움직여보았다. 관절 가동 여부 등 건강 상태를 체크하는 것도 잊지 않았다. 그러는 동안에도 방송은 계속되었다.

"로봇 여러분, 충전 침대에서 대기해주세요. 곧 다른 행성에서 온 인간 아이들이 여러분을 안아드릴 겁니다. 귀여운 아이들의 재롱을 보시고 다 같이 까탈스런 기분을 날려버리자고요."

잠시 인공두뇌가 정지한 민수는 천장을 올려다 보았다. 그리곤 하얀 벽을 바라보다 다시 천장을 바라보았다. 오, 이런. 오, 안 돼! 민수는 개탄스러운 얼굴로 날짜를 확인했다. 9월 19일. 로봇의 날이 오늘이었다. 그는 새된 비명을 지르며 자가 점검 체크리스트를 옆으로 치워버렸다. 그러고는 잽싸게 침대를 정리했다. 적당히 침대 쿠션에 들러붙은 연마제를 털어내고 침대 프레임 옆에 달린 버튼을 눌렀다. 침대는 곧장 반으로 접혀 벽 속에 수납되었다. 하지만 수납되는 속도가 너무 느렸던지라 민수는 발을 동동 굴렀다. 물론 그런다고 침대가 빨리 들어가는 건 아니었다.

민수는 침대가 가로막고 있던 왼편 벽을 손으로 눌렀다. 그러자 벽면에 홀로그램 화면이 떠올랐다. 침대가 수납 중이니 잠시 기다려달라는 문구였다. 민수는 진저리를 쳤다.

"이 빌어먹을 내부 수납장을 쓰는 게 아니었는데! 얼굴에 로션 발라야 한다고! 로션이라도 내놔!"

그가 벽을 발로 걸어차던 그때였다. 인기척이 났다. 정확히는 문 경첩이 삐거덕거리는 소리였다. 그는 슬쩍 뒤를 돌아보았다. 반쯤 열린 문틈 사이로 무언가가 반짝이고 있었다. 그것이 수많은 눈알임을 알아차린 민수는 비명을 질렀다.

아이들은 기다렸다는 듯이 문을 열고 방 안으로 들어와 왁자지껄 떠들면서 민수의 방을 어지럽혔다. 하얀 벽지는 아이들의 손때로 얼룩졌고, 민수의 몸에는 먹다 남은 사탕이 들러붙었다. 거기다 아이 중 하나가 던진 공이 벽면에서 튀어나오던 선반을 때렸다. 한순간에 민수의 로션들이 바닥에 쏟아졌다. 도저히 참을 수가 없었다. 밀수품도 관리해야 하는데 이 난리라니! 민수는 잽싸게 바닥에 떨어진 로션들을 주워 선반에 올렸다. 그는 손발을 휘저으며 아이들에게 소리쳤다.

"이런 쥐새끼들, 저리 가! 쉭쉭, 쉭쉭!"

민수는 쥐를 쫓는 것처럼 아이들을 쫓아냈다. 자기 머리만 한 로봇 손이 머리 위를 스쳐 갔음에도 아이들은 꺄르르 웃기 바빴다. 오히려 민수의 팔에 매달리는 아이들도 있었다. 악몽이었다. 어서 이 해충들을 조져야 했다. 화염방사기나 로켓 같은 걸로 날려버리고 싶었다. 하지만 그의 이성 회로는 그럴 수 없다고 결론 내렸다. 일단 화염방사기와 로켓을 구하기에는 너무 많은 돈과 시간이 필요했다. 게다가 이 나이 먹고 쥐새끼들을 처리하는 데 시간을 보낼 수 없었다. 다른 중요한 일이 더 많았다.

민수는 차선책을 선택했다. 아랫배에 달린 수납장을 열고서 이 작은 불량배들에게 칩을 몇 개 뿌린 것이다. 딸그락거리는 칩이 바닥에 떨어지자, 아이들은 사람을 본 좀비처럼 칩을 향해 달려들었다. 그 틈을 타 민수는 잽싸게 몸을 움직였다. 그는 거의 닌자처럼 아이들 사이를 가로질러 문간에 도달했다. 그리고 곧장 문을 닫아 쥐새끼들을 방 안에 가두었다.

휴. 그는 한숨을 쉬었다. 하지만 불행히도 그는 복도에 우두커니 멈춰 섰다. 벌집처럼 빽빽이 들어선 로봇용 주거 시설은 이미 아이들로 감염되어 있었다. 복도를 뛰어다니는 아이들부터 노후된 로봇들을 껴안고 침을 바르는 아이까지. 눈 닿는 곳마다 아이들 천지였다.

아이들은 쉬지 않고 다른 로봇들에게 달려들었다. 그야말로 농작물에게 달려드는 해충을 보는 기분이었다. 거기다 몇몇 놈은 민수에게 눈길을 돌리고 있었다. 위기감을 느낀 민수는 아랫배에 달린 수납장을 열었다. 당장이라도 퇴치제가 든 스프레이 통이 필요했다. 그가 수납장 안으로 손을 넣자 깡마른 아이 하나가 그의 몸속에서 고개를 내밀었다. 민수는 가슴에서 튀어나온 에일리언을 보듯이 아이를 보고 비명을 질렀다. 하지만 아이는 태연하게 말했다.

"안녕하세요, 로봇 할아버지."

아이가 예의 바르게 인사를 건넸지만, 민수는 비명만 지를 뿐이었다. 그는 아이를 바닥에 내려놓고서 수납장 속에서 쓴맛 나는 스프레이를 찾았다. 전에 아이들에게 뿌렸을 때 상당한 효과를 본 물건이었다. 하지만 아무리 뒤져도 나오는 것은 침들뿐이었다. 그가 아랫배에 양손을 넣고 끙끙 앓는 소리를 내자 한 아이가 다가왔다. 볼품없이 깡마른 아이는 분명 민수의 수납장 속에 숨어 있던 아이였다.

"혹시 이거 찾아요?"

아이는 코 묻은 손에 쥔 검은 스프레이 통을 내밀었다. 최종 병기가 해충에게 넘어가다니. 대체 이게 어딜 봐서 로봇의 복지를 위한 양로원이란 말인가? 이건 선을 넘어도 한참 넘은 일이었다.

민수는 떨리는 손으로 깡마른 아이에게서 스프레이를 건네받았다. 그러고는 아이들에게 쓴맛 나는 스프레이를 뿌렸다. 깡마른 아이를 비롯해 다른 아이들까지 콜록거리고 비명을 지르며 혓바닥을 손으로 쓸어댔다. 그 모습에 민수는 승리감을 만끽했다.

"꺼져라, 이 쥐새끼 같은 해충 놈들아! 침만 바를 줄 아는 머저리들아, 쓴맛이 어떠냐!"

민수가 소리치자 아이들은 화들짝 놀라 숨을 집어삼키는 소리를 냈다. 당장이라도 숨이 넘어갈 것처럼 세 번이나 연달아 헉 소리를 내는 아이들도 있었다. 아이들이 놀란 양 떼처럼 울어대자 어디선가 작은 불빛이 날아왔다. 불빛 속에서 작은 요정 하나가 날개를 파닥이며 나타났다. 초록색 원피스를 입고 있는 노란 요정이었다.

"얘들아, 이게 다 무슨 일이니?"

요정은 아이들의 머리를 작은 손으로 쓰다듬으면서 말했다. 그러자 아이들은 하나같이 부산스럽게 떠들어댔다. 아이들의 뭉뚝한 손가락은 한 방향을 가리키고 있었다. 요정은 아이들을 진정시키고서 민수를 향해 다가갔다. 마치 살아 있는 듯한 피부와 비막이었지만, 민수의 감지 센서는 요정이 로봇이라 말하고 있었다. 기계적인 부품이 보이지 않는 걸 보니 아무래도 최신식 로봇인 듯했다. 잘난 인공근육을 붙여 만든 요정은 멋쩍게 웃으며 말했다.

"좋은 아침이에요, 할아버님. 오늘 로봇의 날이라서 아이들이 정성스럽게 쓴 편지와 카네이션을 들고 로봇 양로원에 견학을 왔어요. 오늘 하루는 아이들 재롱을 즐겨보시는 게 어때요?"

요정은 공중제비를 돌면서 천진하게 이야기했다. 민수는 눈살을 찌푸리면서 말했다.

"적어도 즐겨보란 말을 하기 전에 이런 위험한 놈들한테 목줄이라도 해야 하는 거 아냐? 노인들 몸을 빨리 녹슬게 해서 세금 아끼려는 수작인 거 누가 모를 줄 알아?"

민수는 인간 꼬맹이들과 요정에게 삿대질하며 말했다. 고차원적인 요정 형태의 육아 로봇은 할 말을 잃은 듯 민수를 바라보았다. 민수는 어디 대답이라도 해보라며 요정을 다그쳤지만 요정은 민수의 말에 대꾸하는 대신 숙소를 부지런히 날아다니면서 아이들을 한 명씩 챙겼다. 요정은 양 떼를 모는 카우보이처럼 아이들을 몰고 복도를 가로질렀다. 아무래도 2층으로 아이들을 데려가려는 모양이었다. 민수는 의기양양하게 어깨를 폈다.

그는 아이들에게 삶의 터전을 침범당한 낡은 로

봇들에게 으스대며 말했다.

"다들 나에게 고마워하라고. 내가 아니었으면 너희 몸은 놈들의 소화 효소 때문에 녹이 잔뜩 슬었을 테니까."

"퍽이나 고맙수다."

맞은편 방에 살던 프레스 로봇은 민수를 노려보다 방 안으로 들어갔다. 다른 로봇들도 한숨을 쉬면서 울적한 노년기를 마저 보내기 위해 방으로 향했다. 민수는 휘파람을 불며 조용해진 복도를 가로질렀다.

민수는 이 고요함을 사랑했다. 2층에서 또 소란스러운 소음이 날아들었다. 날카로운 층간소음이 그의 청각 센서를 갉아댔지만, 그는 전혀 신경 쓰지 않았다. 어차피 그는 막 숙소를 나갈 참이었다.

*

숙소 밖으로 나오자 두꺼운 문이 닫혔다. 문이 닫히기 무섭게 아이들의 목소리가 사라졌다. 민수는 기분이 조금 나아지는 것을 느꼈다. 작동 후 처음으로 그는 문이라는 존재에 대해 애정까지 느꼈다.

민수는 조금은 상쾌해진 기분으로 정원을 가로질렀다. 그가 향하는 곳은 수영장이었다. 몸을 연마하고 태양광을 한껏 받으며 밀수업을 관리·감독하고 싶었다. 그는 양로원 동관 앞에서 샛길로 빠져나갔다. 그러자 수영장 입구가 나타났다. 그런데 어딘가 평소와 달랐다.

그는 수영장 입구에 배치된 살아 있는 식물들을 바라보았다. 거대한 출입문 누각은 페인트칠을 새로 한 것 같았다. 누가 언제 이런 기묘한 짓을 했단 말인가? 민수는 턱을 쓸어내렸다. 마치 누군가가 수영장 입구를 통째로 땅에서 뽑아 새것으로 바꾼 것 같았다. 그가 누각 앞에 다가가자, 바닥에 달린 무빙워크가 움직였다.

위잉 하는 소리와 함께 검은 벨트가 움직였고 민수는 미심쩍은 얼굴로 무빙워크에 올라탔다. 민수는 평소처럼 양팔을 벌리고 세척액과 고압 에어를 기다렸다. 하지만 그에게 날아든 건 다름 아닌 물이었다. 민수는 진저리를 쳤다.

"으악! 이게 뭐야! 웬 물이야!"

그는 흠뻑 젖은 몸을 털었다. 하지만 끝이 아니었다. 비눗물과 더 많은 물이 그에게 날아들었다. 그는 젖은 개처럼 몸을 떨면서 물을 털다가 무빙워크에서 중심을 잃고 바닥에 엎어졌다. 그는 몸에 불이 붙은 사람처럼 바닥을 뒹굴었다.

고개를 들자, 민수는 자신이 헛짓거리를 하고 있음을 확신할 수 있었다. 도무지 눈앞에 펼쳐진 광경을 믿을 수가 없었다. 그는 자리에서 일어나 수영장을 바라보았다. 아이들의 웃는 소리가 민수의 두 귀뺨을 철썩철썩 때렸다.

"이게 무슨……."

그는 수영장을 가득 채운 아이들을 바라보았다. 아이들은 로봇들과 함께 물속에서 놀고 있었다. 몇몇 로봇들은 거의 묘기에 가까운 합체를 보여주며 미끄럼틀로 변해 아이들을 태워주기 바빴다. 그때마다 아이들은 환호성을 지르며 로봇들의 매끈한 몸 위를 미끄러져 액체 속에 빠졌다. 말도 안 되는 풍경이었다. 보통 수영장에는 세척-연마용 용액이 들어 있었다. 이런 허접한 냉수 따위로 채워 넣다니. 이건 선을 넘어도 한참 넘은 일이었다. 그때 배가 불룩 튀어나온 인간이 다가왔다. 그는 거의 헐벗고 있었다. 입고 있는 거라고는 팬티 한 장과 오른팔에 매단 안전 요원을 상징하는 구조대 완장뿐이었다.

"워워, 선생님. 혹시 방수 처리되셨나요?"

"방수는 무슨. 내 세척-연마 수영장에 무슨 짓을 한 거야?"

민수가 으르렁거리자, 안전 요원은 갈색 손을 내저으면서 말했다.

"뭘 하긴요. 애들이 수영하고 있죠."

"왜 애들이 여기서 수영하고 있는 거야?"

민수가 손을 쳐들고 항의하자, 안전 요원은 넉살 좋게 웃었다. 그의 말에 따르면 이 빌어먹을 상황은 로봇 양로원을 방문한 아이들을 위해 양로원 측에서 준비한 선물이었다. 로봇의 날을 기념해서 수학여행을 포기하고 양로원을 방문한 것이 기특해서 주는 상이라나. 안전 요원은 뭐가 좋은지 실실거리면서 말했다.

"어젯밤에 물로 채웠는데 모르셨나 보네요. 이따 애들이 가고 나면 저녁에 원래대로 세척-연마 용액으로 채워놓을게요."

"이따가는 너무 늦어! 이게 말이 되는 거야? 난 이곳 원주민이라고. 대체 왜 원주민이 생활 터전에서 쫓겨나야 하는 건데? 오호, 하긴 너희 인간 놈들은 항상 원주민들을 내쫓고 영역을 차지하는 걸 스포츠처럼 즐기긴 했지."

"저는 그런 적 없는데요. 전 미국인이 아니라고요."

안전요원이 경박스럽게 웃었다. 대체 뭐가 웃긴 건지 민수는 알 수 없었다. 할 수 있다면 그에게 대체 뭐가 웃기며, 쫓겨난 로봇의 기분은 뭐가 되는지 따지고 싶었다. 하지만 불행히도 그가 이름도 모르는 남자에게 히스테릭을 부리기도 전에 메일이 날아들었다. 하필이면 일과 관련된 문자였다. 그는 한숨을 쉬면서 별 중요하지도 않은 남자에게서 신경을 꺼버렸다.

"내일 오세요. 정리는 잘해둘게요!"

안전 요원이 등 뒤에서 소리쳤지만, 민수는 대꾸도 하지 않았다. 그는 방금 온 메시지를 읽고 분석하기 바빴다. 암구호로 적힌 메시지를 해독하자 아이들 때문에 물건 배송이 지연 중이라는 문구가 떠올랐다. 벌써 하역장에서는 아이들을 관리하는 선생들 때문에 약을 피우던 직원 몇 명이 항의받았다는 이야기도 있었다. 그는 수영장을 빠져나갔다.

또다시 물세례가 날아들었지만, 아무래도 좋았다. 지금은 일부터 처리해야 할 때였다. 만에 하나라도 약을 피웠다는 이야기가 경찰들 귀에 들어가면 골치 아프다. 그는 곧장 아는 경찰에게 문자를 넣었다.

약 열두 봉지를 주겠다는 말에 경찰은 알아서 정리하겠다고 회신했다. 문자를 받자마자 민수는 오늘 하루 동안 약을 좀 덜 먹으라는 전체 문자를 돌렸다. 알겠다는 답장이 쏟아져 들어왔다. 대부분 영혼 없는 대답이었다.

민수는 미리 사주한 이들에게도 지시를 내렸다. 눈에 띄는 물건들은 최대한 건축 자재 틈 속에 감춰서 보관하라고 지시했다. 여차하면 새로 들어오는 로봇들에게 잘못을 떠넘기라고 명령하면서 걷던 그때였다. 발 밑에서 누군가가 소리쳤다.

"워워! 잠깐만! 지금 내 꼬리 밟았잖아!"

낯익은 목소리에 민수는 발아래를 내려다보았다. 털뭉치 꼬리 하나가 보였다. 그 꼬리는 아무렇게나 쌓인 한 무더기의 아이들 속에 파묻혀 있었다. 민수가 꼬리를 잡아 올리자 아이들 속에서 마커스가 모습을 드러냈다.

"방금 어떤 새끼가 내 꼬리를 밟았는데……."

민수는 애들이 밟았노라고 둘러댔다. 그러자 마커스는 말랑거리는 앞발로 아이들의 머리를 툭툭 치면서 말했다.

"이 꼬맹이들아, 내 꼬리는 밟지 말라고 했어, 안 했어?"

"하지만 꼬리 밟은 건 우리가 아닌데."

아이 중 하나가 민수를 노려보자 민수는 아이들에게 마커스를 던져주었다. 마커스는 고양이처럼 비명을 지르면서 바닥에 착지했고 아이들은 놀라 두 눈을 휘둥그렇게 떴다. 마커스는 아이들을 바라보면서 소리쳤다.

"왜들 그렇게 놀라는 거야? 개가 짖는 거 처음 봐? 오늘 로봇의 날이잖아. 그러니까 빨리 이 몸을 쓰다듬고 귀여워해주기나 해, 어서!"

마커스가 고압적으로 말하자, 아이들은 마커스에게 달려들어 그의 몸이 닳도록 쓰다듬었다. 민수는 역겹다는 듯 인상을 찌푸렸지만 마커스는 오히려 기분이 좋은 듯 보였다. 마커스는 날렵한 몸으로 폴짝폴짝 뛰면서 아이들의 관심을 끌었다.

민수는 고개를 저으면서 마커스를 바라보았다.

"마커스, 혹시 아이들의 손이 얼마나 비위생적인지 생각해봤냐?"

"왜? 난 이게 좋아. 알다시피 난 개과 동물의 뇌

를 본떠 만든 로봇이라고. 냐옹."

아이들이 이번에는 레이저 포인트를 바닥에 쏘았다. 마커스는 잽싸게 레이저를 잡기 위해 펄쩍펄쩍 뛰었다. 하지만 허리를 너무 과격하게 비튼 탓에 등 골격이 과부하를 견디지 못하고 스파크를 일으켰다. 마커스는 쥐덫에 걸린 쥐처럼 마비되어 바닥에 드러누웠다.

"얘들아, 오늘 놀이는 그만해야겠다. 다음 로봇의 날에 보자꾸나."

"와, 오늘 정말 신나게 놀았어요."

"쓸모없는 우리 할아버지보다 낫네요. 우리 할아버지는 움직이지도 못하는데 로봇 할아버지들은 정정하세요."

"항상 건강하셔야 해요. 강아지? 고양이? 음, 강냥이 할아버지."

아이들은 마커스를 껴안고서 말했다. 마커스는 아이들의 뺨을 핥는 시늉을 했다. 민수는 한숨을 쉬었다. 이제 인간들은 인간보다 로봇을 더 친숙한 존재로 느끼고 있었다. 민수 역시 그들의 심경을 아주 이해 못하는 건 아니었다. 그들은 어릴 적부터 육아 로봇의 손에 커서 장례지도사 로봇의 품에서 숨을 거두었다. 모든 인간이 그랬다.

어쩌면 그래서 인간이 로봇을 아예 부모처럼 여기게 된 건 아닐까 하는 생각이 들었다. 하지만 민수는 자신의 추론을 부정했다. 그의 경험상 인간이고 로봇이고 별다른 이득 없이는 서로 거들떠보지 않았다. 그가 툴툴거리면서 마커스와 아이들을 피해 동관으로 걸음을 옮기려 하자 마커스가 넌지시 말했다.

"아, 그러고 보니까 이러고 가만히 있어도 되는 거야?"

"그래, 맞아. 로봇의 날인지 뭔지 피해서 도망치는 거야. 빌어먹을 해충이 너무 많아."

민수가 단호하게 중얼거리자 마커스는 고개를 저었다.

"아니, 내 말은 그게 아니라, 소식 아직 못 들었나 보네."

민수가 무슨 소식이냐 묻자, 마커스는 민수에게 파일 하나를 전송했다. 민수는 파일을 받아 열어보았다. 새로운 숙소 배정도였다. 배정도를 분석하던 그는 자신의 방을 노려보았다. 민수 옆에 '티코'라는 낯선 이름이 적혀 있었다.

"뭐? 내 방에 룸메이트? 이게 무슨 소리야?"

"몰라. 무슨 가수였대. 옛날에 유명했었나 봐. 아까 공지 뜬 거 보고 다들 이야기하더라고."

마커스는 앞발을 핥는 시늉을 하면서 말했다.

"이따가 애들 가고 오후에 올 거라던데."

마커스는 단발머리 소녀에게 얼굴을 비볐다. 소녀가 꺄르르 웃자, 다른 아이들이 마커스를 만져보고 싶다고 아우성을 쳤다. 진저리가 났다. 민수는 청각 센서를 꺼버리고서 걸음을 옮겼다.

마커스가 잠깐 기다리라고 했지만 민수는 걸음을 멈추지 않았다. 그는 CPU를 풀가동했다. 냉각 팬이 빠르게 돌기 시작했다. 내 방에 룸메이트가 온다고? 민수는 미간을 찡그렸다. 이건 말도 안 되었다. 그는 단 한 번도 룸메이트를 원한 적이 없었다. 그리고 이 점을 오래전부터 관리실에다 통보해둔 상태였다. 관리실은 그 요구대로 지금까지 룸메이트를 들이지 않았다. 그런데 왜 갑자기 룸메이트를 들인다는 말인가?

이래서 인간이 싫다. 빌어먹을 자식들. 항상 변덕스럽고 탐욕스럽기 짝이 없었다. 화가 너무 치민 터라 그의 감정 프로세서가 정지되었다는 문구가 눈앞에 아른거렸다. 별안간 빠르게 돌던 냉각 팬이 서서히 멈추면서 곧이어 화가 식었다. 민수가 향한 곳은 관리실이었다.

*

관리실은 본관 1층에 자리 잡고 있었다. 동관 3층에 본관 3층과 연결된 통로가 있었기에 빠르게 움직일 수 있었다. 무엇보다 다행인 건 관리실에는 아이들의 그림자가 보이지 않는다는 점이었다. 하지만 그 외의 모든 것은 별로였다. 관리실은 항상 너저분했고, 인간들은 생기가 없었다. 무엇보다 옛날에 그가 일하던 사무실을 떠올리게 했다. 내용물이 가득 찬 쓰레기통과 허접한 세제 그리고 낡은 걸레들은 생각하고 싶지 않았다.

그래도 민수는 인내심을 가지려 애를 썼다. 세척-연마 수영장이 물 수영장으로 바뀌고 아이들이 창궐하고 일도 꼬인 데다가 룸메이트까지 들어온 일에 대해 항의하기 위해 관리실에 앉아 있음에도 말이다. 지금 당장 비명을 지르며 난리를 피워도 이상할 게 없었다.

그런데도 아직까지 미치지 않았다니. 민수는 칭찬받아야 마땅했다. 하지만 직원들은 민수의 눈치를 보며 그의 인내심을 시험하고 있었다. 그가 분을 삭이는 사이, 직원 하나가 그에게 다가왔다.

"저기, 민수 씨. 여기 계속 계셔봐야……."

"면담. 내가 할 말은 그거밖에 없어. 면담."

민수가 단호하게 말하자 직원은 애써 웃는 얼굴로 민수를 바라보았다. 하지만 그 얼굴에는 아주 잠깐 고장 난 청소기를 보는 것 같은 경멸이 스쳐 갔다. 그러든 말든 민수는 미동도 없이 의자에 앉아 직원에게 말했다.

"난 하루 종일 이러고 있을 수 있어. 너희들의 물렁한 엉덩이로는 감히 상상하지 못할 시간 동안 앉아 있을 수 있다고. 대기 모드에 들어가면 배터리 걱정도 없지. 그러니까 내 앞에 소장 데려와! 당장!"

직원은 계속 머리를 긁적이면서 곤란하다는 표정을 짓고 있었다. 그러다 민수가 조잡한 살덩이에 관한 조롱을 이어가자, 결국 충격을 감추지 못하고 울음을 터뜨렸다. 직원이 울든 말든 민수는 신경 쓰지 않았다. 오히려 그는 직원들에게 큰소리쳤다.

"누구든 내 앞에 소장을 데려와. 데려오지 않을 거면서 헛소리하는 놈들에게는 할 말 못할 말 다 해줄 거야! 입에다 걸레를 물었다는 게 뭔지 보여주마!"

민수가 강철 손가락을 쳐들고서 사무실에 앉아 있는 직원들에게 삿대질하면서 말했다. 그러자 사무실 직원들은 고개를 책상에 파묻으며 애써 민수의 시선을 피했다. 민수는 흡족한 얼굴로 직원들의 뒤통수를 노려보았다.

이 방법은 언제나 먹혔다. 왜 그런지는 모르겠지만, 요즘 인간들은 조금만 욕을 해도 울기 바빴다. 아무래도 폭력을 금지한 덕에 요즘 것들의 정신머리가 나약해진 모양이었다. 아니면 인터넷으로만 욕을 해대서 현실에서 욕하는 방법을 잊어버렸다거나. 어쨌든 민수가 욕을 하는 사이 그나마 용기를 낸 직원 하나가 그에게 다가왔다. 그는 비로소 민수가 원하는 대답을 내놓았다.

"저기, 할아버님. 여기서 이러고 계시지 말고 소장실 안으로 들어오세요."

"소장 놈이 돌아왔나 보지? 엉? 드디어 남의 배 속에 들어가서 대장이랑 같이 똥덩어리 만드는 일이 질렸나 봐?"

직원은 한숨을 쉬면서 민수를 안쪽 방으로 안내해주었다. 소장실은 유리가 달린 커다란 이중문 뒤에 있었다. 방 한가운데는 커다란 책상이 놓여 있었고 책상 주위의 벽면에는 묵직한 책장이 우두커니 서 있었다. 책장에는 로봇학이나 노인 로봇공학 같은 서적들이 가득 차 있었다. 하지만 오랫동안 거들떠보지도 않았는지, 책장마다 뿌연 먼지와 거미줄이 뒤엉켜 있었다. 민수는 먼지투성이인 방을 둘러보았다.

돌로 된 바닥에는 모래 같은 것이 거슬거슬하게 굴러다녔다. 책상 위에도 잡동사니와 잡다한 서류들이 너저분하게 굴러다녔다. 이게 사람이 사는 곳인지 먼지가 사는 곳인지 모를 지경이었다. 확 다 뒤집어엎고 청소하고 싶은 심정이었다.

민수는 못마땅한 듯 책상 앞 의자를 뒤로 빼서 앉았다. 그가 책장을 끼고 맞은편에 놓인 커다란 사무실 의자를 바라보던 그때였다. 갑자기 의자가 빙글 돌기 시작했다. 민수가 화들짝 놀라 몸을 움츠리자, 거대한 의자 등받이 쿠션에 파묻힌 여자 한 명이 모습을 드러냈다. 주황색 관리실 직원 유니폼을 입고 있는 그녀가 몸을 일으켰다. 희미한 사무실 조명 아래로 그 얼굴이 드러났다. 얼굴 반쪽을 기계로 대체한 금발 머리의 여자였다. 그녀는 붉은 안광을 번뜩거리면서 민수를 바라보며 입을 열었다.

"민수 씨, 오늘은 또 무슨 일인가요?"

"켈리? 네가 왜 여기 앉아 있는 거지? 관리 소장을 묻어버리고 자리를 차지한 거야?"

"헛소리는 접어둬요. 전 도망가신 소장님 대신 보안 부장으로서 여기 앉아 있는 거니까요."

켈리는 도도하게 말했다. 민수는 책상 위에 왼팔을 얹고서 말했다.

"소장이 도망쳤다고? 무슨 소리야?"

"소장님은 당신이 찾아올까 봐 매일 불안해하셨어요."

"내가 뭐? 나처럼 선량한 로봇이 또 어디 있다고!"

민수가 팔짱을 끼고서 뻔뻔하게 말하자, 켈리는 눈썹을 추켜세웠다.

"수영장의 연마제를 바꾼다고 했을 때, 소장님 승용차를 꼬드겨서 소장님을 납치한 게 누구죠? 또 청소가 만족스럽지 않다고 소장님 커피를 핫초코로 바꿔서 당뇨성 쇼크를 유도한 건 대체 누구일까요?"

"그걸 내가 어떻게 알아?"

"시치미 떼지 마세요. 모두가 알고 있다고요. 그동안 당신이 한 짓이 있으니까 소장님이 도망갈 만도 하죠. 민수 씨, 당신이 왜 왔는지 알아요. 하지만 이번 일은 그냥 받아들이세요. 우리 양로원에서 로봇들을 수용할 수 있는 공간은 한정적이에요. 우리는 이 유한한 공간에 최대한 많은 로봇을 수용해야 해요."

"나도 알아. 유한요소법에 따라 한 자리에 많은 로봇을 구겨 넣어 공간을 최적화하겠다는 거잖아, 이 피도 눈물도 없는 인간아."

피도 눈물도 없다는 말에 켈리는 한쪽 눈을 가늘게 떴다. 순간, 기에 눌린 민수가 잠시 침묵을 지키자 켈리는 한숨을 쉬며 조용히 말했다.

"네, 그게 뭐 어쨌다는 거죠?"

켈리가 대수롭지 않게 말했다. 이 어처구니없는 반응에 민수는 팔걸이를 손으로 내리쳤다.

"그렇게 되면 안 되지! 난 예전에 소장이랑 약조를 맺었어. 내 방은 온전히 나 혼자 쓰기로 말이야. 그런데 이제 와서 갑자기 왜 이러는 거야?"

"요즘 들어 양로원에 들어오는 노후된 로봇이 많아졌어요. 그러니 어쩔 수 없는 일이에요. 그냥 돌아가시죠. 안 그러면……."

"안 그러면 뭐? 날 어쩔 건데? 내가 말이야, 마음

만 먹으면 말이야."

"마음만 먹으면 뭐요? 그런 협박이 저한테 통할 것 같나요? 전 당신 같은 로봇들을 한두 번 본 게 아니에요. 고작 밀수업이나 하면서 마피아 연줄 좀 끼고 있다고 거만하게 행동하는 로봇들을 많이 봤거든요."

민수는 눈알을 굴렸다. 그는 켈리의 말에 반박하려 했지만 CPU 온도가 너무 높아지는 바람에 그럴 수가 없었다. 결코 켈리의 말이 사실이거나 일부 사실을 함유하고 있어서가 아니었다. 그가 어색한 침묵을 지키자, 켈리는 그 틈을 타서 민수에게 쏘아붙였다.

"지금이라도 숙소로 돌아가셔서 로봇의 날이나 마저 즐기시는 게 어떨까요? 숙소를 혼자 쓰고 싶다느니 하는 말도 안 되는 요구 좀 그만두시죠. 계속 항의하시면 후회하실 거예요."

후회? 양로원 최고의 밀수범에게 후회라는 단어를 써? 민수는 길 가다가 뺨 맞은 사람처럼 멍하니 켈리를 쏘아보다가 뭉뚝한 손가락을 쳐들었다. 그는 쿨러를 웅웅거리면서 말했다.

"흥, 그래서 내가 계속 항의하면 어쩔 건데? 소장처럼 도망을 칠 거야? 아니면 네가 날 때리기라도 할 거

야? 엉? '노인 로봇을 때린 양로원의 실태'라는 기사에
대문짝만하게 얼굴이 박제당하고 싶어? 결국 내 불평을
듣는 건 너야. 네가 아무리 잘난 듯이 으스대도 결국에
는 갑은 민수, 을은 켈리다, 이거라고."

"정말로 그렇게 생각해요?"

켈리가 조용히 중얼거렸다. 민수는 확신에 찬 얼
굴로 고개를 끄덕였다. 하지만 그의 확신은 켈리의 작은
동작 하나에 산산이 부서지고 말았다. 켈리는 얼굴 오른
편으로 양손을 들어 올려 느리게 박수를 쳤다. 그러자
기다렸다는 듯 직원들이 소장실 안으로 뛰어 들어왔다.
그들은 하나같이 거대한 뽁뽁이가 둘둘 말린 기구를 들
고서 민수를 노려보고 있었다.

"뽀, 뽁뽁이? 얌마! 이건 노인 학대야! 그만둬!"

민수가 저항해보려 했지만 뽁뽁이 총이 더 빨랐
다. 순식간에 뽁뽁이 총은 민수의 몸을 뽁뽁이로 휘감았
다. 두 팔은 몸에 착 들러붙었고 두 다리도 뽁뽁이에 휘감
겼다. 민수는 뽁뽁이 덩어리가 되어 바닥을 굴러다녔다.

민수는 거세게 항의했지만 소용이 없었다. 이미
그의 자랑인 잘생긴 얼굴 역시 뽁뽁이에 휘감긴 뒤였다.
그가 내지른 항의는 죄다 웅얼거리는 소음으로 대체되

었다. 그렇게 민수는 직원들 손에 말 그대로 짐짝처럼 이송되었다.

　　민수는 무반동 수레에 실려 창고에 잠시 처박혀 몇 시간 동안 갇힌 신세가 되었다. 그는 어둠 속에서 이를 갈았다. 당장이라도 이 창고를 나가기만 하면 켈리인지 걸레인지 허리를 반 접어버리겠노라고 말이다. 하지만 막상 어둠 속에서 꽁꽁 묶인 채 무료한 시간이 흐르자 타올랐던 분노가 서서히 잦아들었다. 인터넷도 안 잡히는 터라 그가 할 수 있는 것은 대기 모드에 들어가는 것뿐이었다. 그렇게 대기 모드에 접어든 민수는 한참 뒤에야 숙소로 배송되었다.

전설과 관짝 사이

숙소 앞에서 직원들이 칼로 뽁뽁이를 뜯어주자, 민수는 바닥에 쓰러졌다. 둔탁한 쇳소리가 나고 한참 뒤에야 그는 대기 모드를 풀고서 자리에서 일어났다. 숙소를 빠져나가는 인부들에게 화를 낼까도 싶었지만 불행히도 전력이 부족했다. 기지개를 켠 그는 지친 몸을 끌고 방으로 들어갔다. 그는 충전 침대를 벽에서 꺼내 펼친 뒤에 침대 위에 드러누웠다. 그가 기침하자, 동체에 미세하게 난 흡입구를 통해 비닐 조각이 먼지와 함께 튀어나왔다.

"이러다가 죽겠군."

민수가 중얼거리자 누군가가 말했다.

"흠, 정말로 죽을 거 같아?"

민수는 고개를 돌렸다. 자신의 왼편에서 나는 소리였다. 그는 낯선 로봇을 바라보았다. 얼굴은 챙이 넓은 카우보이 모자의 그림자로 가려져 있었지만 한눈에 보아도 상당히 번쩍번쩍한 로봇이었다. 어찌나 번쩍거리는지 그림자에서도 광휘가 맴돌 지경이었다. 전체적으로 다부진 역삼각형 상체가 인상적이었다. 굵직한 허리 아래로는 황금비율로 맞춘 것 같은 하반신과 늘씬한 다리가 뻗어 있었다. 그는 잘 연마한 반짝이는 동체를 뒤뚱거리며 다가오더니 오른손을 슬쩍 내밀었다. 마치 악수하자는 듯 리드미컬하게 손가락을 까딱거렸다.

민수는 얼떨결에 그의 손을 잡았다. 그러자 낯선 로봇의 손에서 귀가 찢어질 듯한 전자 기타 소리가 날아올랐다. 민수가 인상을 구기자 그는 고개를 들었다.

곧 비열하게 생긴 사기꾼 상의 얼굴이 조명 아래 드러났다. 얼굴 하관에는 염소수염처럼 생긴 쇳덩이가 붙어 있었다. 거기에 탄소섬유로 심어놓은 찰랑거리는 머리카락은 덤이었다. 낯선 로봇은 한쪽 눈을 깜박이면서 말했다.

"나, 티코 드레이코. 내가 누군지는 알지?"

"모르겠는데."

민수가 짤막하게 대꾸하자, 티코는 웃으면서 말했다.

"에이, 모를 리가. <락토바실러스의 탑>이라든가, <데드 데스 메탈> 같은 곡 들어본 적 있을 텐데."

민수는 눈을 깜빡거리면서 티코를 바라보았다. 인터넷으로 티코 드레이코를 검색해보니 세는 것이 무의미할 정도로 많은 정보가 쏟아져 나왔다. 한마디로 그는 겁나게 오래된 유명한 록스타였다.

GTA5000이라는 게임에도 등장했고, 영화도 찍었으며, 음악은 말할 것도 없었다. 몇몇 팬은 그를 살아 있는 전설이라 부르기도 했다. 하지만 문제가 하나 있었다. 그에 관한 게시물들은 대부분 20년 전 것들이었다는 점이었다. 그나마 1년 전쯤 올라온 글이 있었는데, 별로 좋은 글은 아니었다. 하지만 민수는 그 글에 동의했다. 티코 드레이코. 그는 한물간 스타였다. 그리고 이제 로봇 양로원에 들어와서 민수와 같은 방을 쓸 예정이었다.

티코는 민수의 손을 놓아준 뒤 천천히 방 안을 두

리번거렸다. 새하얀 천장을 올려다보다 새하얀 벽을 둘러보았다. 낡은 충전 침대를 유심히 살피더니 바닥을 쏘아보다가, 둥글넓적한 발바닥으로 탭댄스를 추듯 두어 번 발을 굴렀다.

대체 저 로봇은 무슨 짓을 하는 것인가? 설마 바닥이 마음에 들지 않아서 방에 들어오기 싫다는 건가? 하긴, 몇몇 명성을 얻은 로봇들은 까탈을 부리기도 했다. 하지만 결국 전기가 부족해지면 알아서 충전 침대에 적응하기 마련이었다.

민수는 팔베개를 하고 침대에 똑바로 누워 시각 센서를 차단하면서 말했다.

"들어올 거면 들어오고 안 들어올 거면 나가봐. 여기가 허름해서 못 들어오겠다면 어쩔 수 없지만, 이보다 더 나은 방은 찾을 수 없을 거야."

"아니, 그게 아니라, 여긴 방음 레벨이 몇이야? 도저히 검색이 안 되는군. 흠, 분명 방음이 잘되는 방으로 달라고 부탁했는데."

"방음? 하! 여기가 무슨 모텔인 줄 알아?"

민수가 헛웃음을 터뜨리자 티코는 껄껄 웃으면서 그것도 맞는 말이라고 했다. 그의 말이 끝나기 무섭게 누군가가 초인종을 눌렀다. 티코가 방문을 열자 주황색 옷을 입은 직원들 여러 명이 방 안으로 들어왔다. 그들은 하나같이 오른팔에 하얀 수건을 얹은 상태로 정중하게 들어왔다. 직원 중 하나가 말했다.

"티코 씨, 짐을 가져왔습니다. 혹시라도 불편한 점이 있다면 말씀해주십시오."

"혹시 여기 방음 됩니까?"

"안 됩니다. 내일이라도 방음 공사를 시작할까요?"

"그렇게 해주시면 고맙겠군요. 연습할 공간이 필요해서요."

티코의 말이 떨어지기 무섭게 직원들은 서로에게 눈짓 발짓을 하기 시작했다. 그러더니 티코의 물건을 방 안으로 들여놓았다. 티코가 가져온 짐은 기타와 배낭, 포스터 따위가 전부였다. 그는 하얀 벽면에 포스터를 붙이고 배낭을 풀었다.

배낭 속에서는 그가 낸 음반이 담긴 저장 장치와 동체를 닦을 브러시가 튀어나왔다. 브러시 외에도 먼지 제거용 용해액이나 커다란 프로세서도 있었다. 아마 기호용 프로그램이 담긴 외부 입출력 장치이리라. 티코는 짐들을 풀어서 바닥에 늘어놓았다. 그러고는 꽤 힘든 일이라도 했다는 듯 어깨를 돌려대면서 기지개를 켰다.

"일단 이 정도면 정리가 된 거겠지. 좋아. 친구, 이름이?"

민수는 왼손 주먹을 내밀어 손가락 마디마디마다 새겨진 'M.I.N.S.U'란 활자를 내보였다. 그는 민수의 주먹을 바라보며 조용히 턱을 쓸어내렸다.

"민수. 흠, 민수라. 좋은 이름이군. 그럼 아까 하던 이야기를 마저 하지. 이곳에 있으면서 정말로 죽을 것 같은 생각이 들어?"

민수는 인상을 찡그렸다. 그는 티코를 바라보면서 하고 싶은 말이 뭐냐고 물었다. 그러자 티코는 뭘 당연한 걸 묻냐는 듯 말했다.

"네가 죽을 것 같다며. 근데 로봇이 죽는 건 자살 아니면 타살밖에 없잖아. 네가 스스로 방에 기어서 들어온 걸로 볼 때 넌 자살하려던 게 틀림없어. 만약에 타살당할 뻔했다면, 넌 진작에 저 길바닥에서 차갑게 식은 고철이 됐겠지. 어떤 멍청이들이 너처럼 제대로 걷지 못할 만큼 손상된 로봇을 그냥 내버려뒀겠어?"

민수는 두 눈을 껌뻑이면서 말했다.

"그게 무슨 헛소리야?"

티코는 민수의 침대 쪽으로 다가와 벽에 기대어 서서 말했다.

"에이, 숨길 필요 없어. 나도 자살하고 싶거든. 그러니까 서로 까놓고 노하우를 공개해보자고. 요즘 유행하는 방식이 뭐야? 아직도 중력은 공짜야? 아니면 컴퓨터 바이러스로 바이오스째 파괴하는 방식이야?"

"워워, 난 딱히 죽고 싶지 않아. 그냥, 오늘 겁나 힘들었어. 그래서 푸념한 거라고."

민수가 중얼거리자, 티코는 입술을 씰룩거렸다.

"그럼, 자살하려던 게 아니야?"

"당연하지. 난 자살 따윈 안 해. 할 수만 있다면 우주가 끝장나는 날까지 살고 싶다고. 근데, 넌 왜 그렇게 자살 타령이야?"

민수가 두 팔을 내저으면서 묻자 티코는 의아하다는 듯 엄지로 자신을 가리키며 말했다.

"왜기는. 그걸 정말 몰라서 물어? 이봐, 내가 대체 뭐로 보이는 거야?"

'뒤지고 싶은 또라이 새끼'라는 말이 머릿속에서 출력되었다. 하지만 괜히 같은 방 안에서 적을 만들고 싶지 않았기에 민수는 마음을 가라앉혔다. 그는 표준적인 묘사를 출력했다.

"존나 유명한 록스타."

"흠, 맞았어. 묘사가 상당히 표준적이긴 해도, 맞는 말이지."

티코는 카우보이 모자를 손가락으로 튕겨 떨어뜨리고는 무릎을 들어 모자의 챙을 차올렸다. 모자가 얼굴 높이까지 튀어 오르자, 그는 빳빳한 모자를 잡아채 벽면에 매달린 옷걸이 후크 쪽으로 던졌다. 정확한 각도와 속도로 벽을 향해 달려든 모자는 후크에 깔끔하게 걸렸다.

티코는 정수리 위에 달린 레이저 스피커를 손으로 만지작거리면서 말했다.

"그래. 나 티코~ 드레이코~ 유명한 록커지. 아직도 음반을 냈다 하면 3주 동안 1위를 찍지."

그는 바닥에서 기타를 집어 들어 연주를 시작했다. 그의 머리에 달린 레이저 스피커가 곧장 민수의 머리에 레이저를 조준했다. 어마어마한 진동이 민수의 머리를 강타했다. 만약에 인간이었다면 뇌가 흐물거리는 푸딩으로 변했을 터였다. 하지만 불행인지 다행인지 민수의 청각 센서는 레이저 스피커의 주파수를 조정하는 데에 최적화되어 있었다.

그렇게 티코의 노랫소리는 민수의 인공두뇌를 찌를 듯이 흘러들었다. 민수는 청각 센서의 기능을 최소한으로 줄였지만 동체를 갉아대는 진동은 어쩔 수 없었다. 묘하게 민수의 공진과 일치하는 진동이 몸에 박힌 나사를 툭툭 건드렸다. 그 바람에 몇 개의 부품이 괴상하게 흔들거렸다.

민수는 공진을 피하려고 일부러 몸을 떨어 진동을 상쇄시키면서 말했다.

"알겠으니까 노래 좀 그만 불러! 정신 사납다고. 그리고 왜 자살하고 싶냐고 물었는데 왜 계속 딴소리만 해대는 거야?"

"내가 그랬나? 미안. 논리 회로가 영 좋지 못해서 그래. 창작하려면 조금 아이러니해야 하거든. 이리저리 리믹스도 하고……."

팔짱을 낀 민수가 팔뚝을 손가락으로 두드리자 티코는 어깨를 으쓱이면서 말했다.

"뭐, 그래서 결론적으로 내가 자살하려는 이유는 간단해."

티코는 긴장감을 주려는 사람처럼 잠시 뜸을 들이더니 두 손을 떨었다. 그 바람에 기타가 바닥에 떨어져 박살이 났다. 그러든 말든 그는 손을 떨면서 소울 충만한 목소리로 말했다.

"나도 이제 전설이 되고 싶거든~! 저언설~"

민수는 자신의 시스템을 점검했다. 이쯤 되면 뭔가 문제가 생긴 게 아닐까 싶었다. 눈앞에 있는 티코는 사실 인공두뇌의 오작동으로 인한 망상일지도 몰랐다. 하지만 그의 시스템은 완벽하게 정상적이었다. 그제야 민수는 확신할 수 있었다.

"내가 봤을 때 넌 수리가 필요할 거 같아. 수리 센터는 서관에 있어. 만약에 맞는 부품이 없다고 하면 내가 구해줄 수 있지. 혹시 모르니까 네 모델명을 알려줘봐."

민수가 말하자, 티코는 호쾌한 웃음을 터뜨렸다. 그러더니 부서진 기타 조각들을 집어 들면서 말했다.

"이봐. 난 이미 신체검사를 전부 마쳤다고. 몸 안에 든 먼지도 죄다 뺐고, 메모리 슬롯이랑 엔진도 손을 봤지. 단지 전설이 못 됐을 뿐이야."

"그럼, 전설이랑 자살이랑 무슨 관계인 건데?"

"뭐? 아니, 그걸 몰라서 물어?"

민수가 고개를 저으며 모른다고 말하자 티코는 어깨를 으쓱이더니 가슴의 외장을 열었다. 그의 가슴에는 다섯 개의 다리가 달려 있었다. 마치 갑각류의 다리처럼 생긴 것들이었다. 그것들은 72도 간격으로 배치되어 있었는데, 끝이 뭉뚝한 것이 노즐처럼 보였다.

티코는 부서진 기타를 가슴 속에 집어넣었다. 가슴 한가운데 달린 그라인더가 기타의 잔해를 갈아 마시듯이 빨아들였다. 잔해를 전부 빨아들인 티코의 가슴은 열기를 토해냈다. 그러자 기다렸다는 듯 가슴에 달린 조그만 다리들이 움직이기 시작했다. 그것들은 빠르게 티코의 가슴 위를 오갔다. 방금 전의 그 기타가 그의 가슴 위에서 서서히 형체를 갖추기 시작했다. 아무래도 최신형 3D 프린터인 듯싶었다.

저걸 팔면 얼마를 벌 수 있을까? 민수가 머릿속으로 군침을 흘리는 동안, 티코는 새로 자라나는 기타를 만지작거리면서 말했다.

"음, 그냥 설명하려고 했더니 작문 프로세서가 멈췄어. 아무래도 예시를 들면서 설명하는 게 좋겠군. 친구, 록 밴드 중에 밴디트라고 들어봤어?"

민수는 고개를 저었다. 티코는 고개를 끄덕이면서 말했다.

"그럼 주다스 프리스트는?"

"한때 엄청 유명했던 고대의 록커였나?"

"맞아. 퀸은 어때? Don't stop me now~!"

"흠, 며칠 전에 프레디 머큐리가 화석으로 발견되었다는 소식은 들었어."

고개를 끄덕인 티코는 성호를 그으면서 마지막 질문을 던졌다.

"그럼, 너 AC/DC라고 알아?"

"뭐? 교류나 전압같은 거야?"

티코는 손뼉을 친 뒤 손가락을 튕겼다. 손바닥에 무슨 대포를 달아둔 건지 그의 손짓 하나하나에서 굉음이 터져 나왔다. 민수가 지독한 소음에 신음하든 말든 그는 계속해서 말을 이어갔다.

"이거 봐. 너, 밴디트랑 AC/DC는 모르잖아. 이게 왜 그렇겠어?"

"음, 둘 다 살아 있어서?"

"반은 맞았어. 밴디트는 멤버들이 죽기 전에 해체됐고, AC/DC는 아직도 살아 있어서 그래. 그 양반들

요즘도 은하계 투어하면서 손가락을 갈아 끼워가며 록을 연주하고 있어. 그런데 봐. 손가락 바꿔 끼워가며 노래 부르고 다녀도 아무도 모르잖아. 그런데 화석으로 발견된 사람이랑 죽은 사람은? 그 사람들은 영원히 기억 속에 남는다고. 전설이 돼서 강렬하게 살아 숨 쉬는 중이란 말이야. 나도 그런 전설이 될 거야. 무슨 이야기인지 알아, 친구?"

티코의 말이 끝나기 무섭게 그의 가슴이 '띵' 하고 작은 차임을 울렸다. 그러자 작은 다리들이 완성된 기타를 내밀었다. 티코는 기타 줄을 튕겨보았다. 코드를 잡은 뒤에 그는 빠르게 기타를 치기 시작했다. 순식간에 방 안은 다채롭고 날카로운 선율로 가득 찼다. 그는 화려한 전자 기타 독주를 선보이면서 노래를 불렀다.

"오~ 센세이셔언! 우린 모두 죽어야 해! 선정적! 모두 선정적으로 죽어~! 사람들은~ 오로지~ 전성기와 죽음만 기억하지! 피크엔드 법칙이여, 일생도 피크엔드! 나는 피크를 찍었다네! 이제 마침표가 필요해!"

민수는 조용히 청각 센서를 꺼버렸다. 티코가 민수의 몸을 툭툭 치면서 뭐라고 이야기했다. 하지만 민수는 더 이상 미친놈과 이야기하고 싶지 않았다. 내일은 돈 까밀레오와 약속이 있다. 그러니 임시 파일을 정리하는 차원에서라도 오늘은 이만하고 몸을 충전해야 했다. 민수는 아예 시각 센서까지 꺼버리고서 미친놈을 애써 무시했다. 하지만 지독한 진동은 계속되었다.

진동은 다음 날 아침까지 계속해서 민수의 신경을 건드렸다.

*

민수는 히스테릭한 기분을 억눌렀다. 감정 회로를 줄였지만, 여전히 짜증이 밀려들었다. 이유는 간단했다. 망할 놈의 딴따라 때문이었다. 그 빌어먹을 자식은 밤새도록 연주를 하는 것도 모자라 아침에도 계속 연주를 이어갔다. 연주가 계속되자 다른 방 로봇들까지 민수의 방으로 모여들었다.

처음에 민수는 로봇들이 항의하러 온 줄 알았다. 하지만 같은 동 건물을 쓰는 로봇들은 항의는커녕 불만조차 드러내지 않았다. 오히려 그들은 티코의 노래를 좋아했다. 새벽 4시 즈음에는 옆 동에서 넘어온 로봇들까지 찾아와 공연을 즐기기 바빴다. 거기다 숙소 방음 공사를 위해 찾아온 관리자들까지 공연을 즐겼다.

충전 침대 위까지 올라온 로봇들의 발에 밟히며 민수는 반강제로 깨어 있어야 했다. 거기다 애매하게 흥겨운 음색이 문제였다. 듣기도 싫을 만큼 질린 음색이었지만, 돌아서고 나면 갑자기 콧노래가 절로 나왔다. 이쯤 되자 티코가 음악 속에 악성 코드를 심어놓은 게 아닐까 하는 의구심마저 들었다.

악성 코드고 뭐고 일단은 피로를 풀어야 했다. 민수는 세척-연마 수영장으로 향했다. 수영장에 떠다니면 기분이 풀릴 터였다. 하지만 그가 숙소를 나서자마자 빌빌거리는 로봇 하나가 눈에 들어왔다. 낯이 익은 로봇이었다. 커다란 테이블 형태의 로봇이었는데, 테이블 위에 'M.I.N.S.U'라는 낙인이 선명하게 찍혀 있었다.

테이블 로봇이었다. 민수는 빌빌거리는 테이블 로봇에게 다가가 발로 걸어찼다. 테이블 로봇이 펄쩍 뛰면서 몸을 돌리자, 민수는 그를 붙잡았다.

"테이블 로봇, 오랜만이네. 일은 잘 처리했겠지? 처리했으니까 여기서 어슬렁거리는 걸 테고."

"죄, 죄송해요! 어제 너무 정신이 없었던 데다가 애들이 와서 절 놓아주지 않았다고요! 그래서 아직 배달 못 했어요. 목숨만 살려주세요!"

"목숨이 아까운 줄 알면서 이런 짓을 하냐? 이런 무능한 놈 같으니!"

민수는 테이블 로봇을 흔들어대면서 말했다. 그는 테이블 로봇을 바라보며 생각에 잠겼다. 이 로봇을 어떻게 굴려먹을까? 부품 중에 조금 중요도가 떨어지는 부품을 빼낼까? 아니면 확 인공두뇌만 뽑아다 커피 테이블로 쓸까?

민수가 사악한 상상을 하던 그때였다.

머릿속에서 알람이 울렸다. 민수는 알람을 확인했다. 그러자 '돈 까밀레오와의 약속'이라는 짤막한 글귀가 떠올랐다. 잠시 잊고 있었군. 그는 알람을 끄고서 잽싸게 테이블 로봇을 놓아주었다.

"됐어. 어제는 재수 없는 날이었으니까 한 번 봐주지. 빨리 약 배달이나 해. 다음에는 정말 손봐줄 거야."

테이블 로봇은 알겠다고 말하고서 허둥지둥 도망쳤다. 그가 정원 너머로 사라지자, 민수도 빠르게 걸음을 옮겼다. 약속 시간까지 얼마 남지 않았다. 그가 있는 동관에서 서관까지는 못해도 20분은 걸렸다. 남은 시간은 15분 정도였다.

생각할 시간이 없었다. 잽싸게 동관 로비로 뛰어들었다. 그러자 문밖으로 나오던 관리실 직원들이 깜짝 놀라 뒤로 넘어졌다. 그러든 말든 그는 동관 로비를 가로질러 엘리베이터를 타고 3층까지 올라갔다. 그러고는 3층 복도를 헐레벌떡 내달려 곧장 본관으로 통하는 연결 통로를 건넜다.

민수는 본관 3층에 자리한 직원 휴게실을 지나갔다. 식사 중인 직원들과 게임기 앞에서 게임을 하던 직원들이 민수를 바라보는 동안 그는 곧장 서관으로 달렸다. 서관으로 향하는 통로의 문을 열자 서슬 퍼렇게 날이 선 열기가 민수를 맞이했다.

어쩔 수 없었다. 서관에는 거대한 서버실이 자리하고 있었다. 고출력 에어컨이 하루 종일 가동 중이었기 때문에 서관 주변은 늘 후덥지근했다. 민수는 '쿨러 100% 가동 중'이라는 경고 문구를 바라보았다.

보통 때라면 관리실에 들러 냉매를 몸에 두르고 들어가야 했다. 하지만 시간이 없었다. 민수는 맨몸으로 서관 통로를 가로질렀다. 통로 밖을 내다보니, 통로를 따라 비치된 유리창 너머로 황량한 풍경이 드러났다. 아무래도 열펌프가 뿜어대는 열기 때문에 서관 주변은 거의 사막이나 다를 바 없었다. 심지어 하늘을 날던 새 몇 마리는 열기에 잠시 기절했는지 퍼덕거리면서 땅바닥으로 추락하다가 바닥에 닿기 직전에 활공하여 서관에서 멀찍이 떨어졌다.

빨리, 더 빨리! 민수는 흐려지는 눈에 전압을 높이고서 서관 안을 가로질렀다. 반대편 문이 열리자, 곧장 성성한 한기가 수건처럼 온몸을 감쌌다. 민수는 몸을 털며 빠르게 열을 식혔다. 그가 잠시 숨을 고르는 사이 쿨러의 속도가 줄어들었다. 냉각 효율이 올라가자 정신이 좀 더 또렷해진 민수는 고개를 돌렸다.

바로 옆에 있는 클라우드 서버의 접견실에서는 몇몇 로봇들이 접견을 기다리고 있었다. 민수는 클라우드 단말기를 바라보았다. 묘하게 으스스한 기분이 들었다. 물리적으로도, 심리적으로도 말이다. 당연한 일이었다. 이곳, 클라우드 서버는 로봇들의 묘지였다. 모르긴 몰라도 이곳에는 민수를 저주하고 싶은 로봇들의 데이터가 산처럼 쌓여 있을 터였다. 이런 재수 없는 곳에 더는 있고 싶지 않았다.

단말기 왼편 엘리베이터 앞에 선 그는 버튼을 눌렀다. 일정한 속도로 버튼을 연타하던 민수는 한숨을 쉬었다. 엘리베이터는 꿈적도 하지 않았다. 고장이 났거나 망할 엘리베이터 놈이 농땡이를 부리는 모양이었다. 계단으로 내려가야 할까? 하지만 계단실도 통로 안처럼 펄펄 끓고 있으면 어쩐다? 결국 민수는 엘리베이터 문을 강제로 열었다. 그러자 밋밋한 튜브관처럼 생긴 엘리베이터 통로가 드러났다.

어디에도 줄 같은 것은 보이지 않았다. 대신 벽면에 달린 추락 방지용 레일만이 보였다. 민수는 통로 안으로 고개를 집어넣어 엘리베이터가 어디 있나 확인해 보았다. 엘리베이터는 7층에 멈춰 서 있었다.

이 정도면 그냥 내려가기에 충분했다. 엘리베이터 통로 안으로 몸을 밀어 넣은 민수는 엘리베이터의 문턱에 매달렸다. 그러고는 마치 게코 도마뱀처럼 엘리베이터 통로를 따라 기어 내려갔다. 마침내 1층까지 내려온 민수는 한 손으로 엘리베이터 문을 열었다. 손가락을 문틈에 비집어 넣자, 서서히 문이 열렸다.

문이 완전히 열리자 민수는 닌자처럼 몸의 반동을 이용해 1층에 올라섰다. 하지만 그는 닌자가 아니라 낡은 로봇일 뿐이었다. 그는 누군가 내던진 돌멩이처럼 땅바닥에 처박혔다. 허리를 움켜쥐고 비틀비틀 자리에서 일어났다. 아파할 시간이 없었다. 그는 곧장 비적비적 걸음을 옮겨 응급실을 가로질렀다. 수리 중인 로봇들이 고개를 들고 민수 쪽을 바라보았다. 간호 로봇들이 벌레를 본 참새처럼 민수에게 다가왔다. 그들은 하나같이 용접을 권했다. 민수는 머저리들을 무시하고서 로봇 응급실에 있는 애완동물 전용 화장실로 뛰어들었다.

화장실은 텅 비어 있었다. 저능한 동물들을 위한 배변 패드는 없었다. 노폐물 냄새도 없었다. 오히려 감미로운 향기, 잘 가꾼 화초와 꽃들이 줄줄이 늘어서 있었다. 민수는 몸과 함께 긴장도 털어버린 뒤에 철문을 두드렸다. 둔탁한 쇳소리가 묵직하게 울리자, 스피커를 타고 굵고 위협적인 목소리가 날아들었다.

"여긴 애완동물 화장실 안쪽 다용도실입니다. 로봇들의 접근은 허가하지 않습니다."

"하지만 이탈리아는 여전히 피자와 파스타를 사랑하죠."

동문서답이 오갔다. 그러자 다용도실 전체가 바닥으로 푹 꺼지더니 그 뒤편에 거대한 공간이 드러났다. 민수는 휘파람을 불었다. 그는 벽면에 늘어선 수많은 박제를 바라보았다. 멸종한 생물들과 진귀한 식물들이 가득했다. 바닥에는 양탄자가 빼곡히 깔려 있고 벽면과 천장에는 프레스코화가 칠해져 있었다. 조금의 빈틈도 없었고, 심지어 중복되는 그림도 없었다. 어지러운 그림들 한가운데에는 종유석처럼 축 늘어진 샹들리에가 매달려 있었다.

민수가 지금까지 살면서 본 어떤 방보다도 사치스러운 방이었다.

그 방 한가운데 돈 까밀레오가 앉아 있었다. 그는 민수보다 1.5배 가량 거대한 몸을 슬쩍 일으켰다. 자리에서 완전히 일어나지도 않고 구부정하게 앉아 있던 상체를 일으켜 세웠다.

"약속 시간을 정말 칼같이 지키는구먼, 민수."

"돈, 난 언제나 약속은 칼같이 지킨다고요."

민수는 어깨를 으쓱이면서 말했다. 그러자 돈 까밀레오의 오른팔인 태티스가 손을 들고 가볍게 인사를 건넸다. 민수 역시 그에게 가볍게 인사를 건네고서 돈 까밀레오를 바라보았다. 마피아 두목의 집에 온 이상 돈 까밀레오의 허락 없이 앉을 수는 없었다. 마피아의 철칙 같은 것이었다.

돈 까밀레오가 원래부터 마피아였던 건 아니었

다. 외골격의 풍채와 부품을 연결할 수 있는 포트의 크기로 미루어 건설 로봇이었던 모양이다. 하지만 이는 어디까지나 추정일 뿐이었다. 누구에게나 과거는 있는 법이고, 굳이 파헤치고 싶지도 않았다. 특히 돈 까밀레오 같은 거물의 과거는 어렴풋이 짐작할 수 있어도 묻어두는 편이 나았다.

돈 까밀레오는 자신의 바로 옆자리를 손으로 가리키면서 말했다.

"잘 왔네, 민수. 잘 왔어. 내 옆에 앉게, 친구여. 그리고 이것도 들게나."

돈 까밀레오는 그릇에 담긴 음식을 내밀었다. 알록달록한 그릇에 담긴 것은 과충전된 배터리였다. 주기적으로 배터리를 주문해서 어디에 쓰나 했더니 이렇게 쓰는구먼. 민수는 눈썹을 추켜세웠다. 하나같이 조잡하게 생긴 데다 부풀어 있어서 건드리면 터질 것 같은 물건이었다. 하지만 스릴을 즐기는 로봇들에게는 더없이 좋은 간식거리이자 기호 약물이었다.

민수는 배터리 하나를 집어 들었다. 그는 아랫배에 달린 수납장 속을 뒤적거리다 배터리와 호환되는 단말기를 꺼냈다. 고대 인간들이 쓰던 담뱃대처럼 생긴 단말기였다. 다른 점이 있다면, 담뱃대 끝에 배터리를 연결할 수 있는 단자가 달려 있다는 것이었다. 배터리를 단자에 찔러 넣자 스파크가 조금 튀었다.

그는 자기 머리 부분의 하단부를 열고서 담뱃대를 단자에 찔러 넣었다. 단자가 연결되기 무섭게 무미건조하고 따끔거리는 감각이 흘렀다. 어디선가 터지는 소리가 나지 않는 걸 보니 문제는 없는 모양이었다. 민수는 담뱃대의 설정을 조작해 전류 맛을 진저에일 맛으로 설정했다. 그러자 진저에일처럼 톡 쏘는 전기가 온몸을 타고 흘렀다. 과전류가 흐르니 예민한 감각기관들이 하나둘 과민반응을 보이기 시작했다.

민수가 눈을 부라리며 전류의 파고를 즐기기 시작하자, 돈 까밀레오는 비대한 몸을 고쳐 앉았다. 그는 몸을 앞으로 내밀더니 민감한 이야기를 나누듯 조용히 입을 열었다.

"내가 자네를 부른 건 다른 게 아니네."

"뭐든지 말만 하세요, 대부. 새로운 약 같은 건 그냥 드릴게요."

"하하, 고마운 말이군. 하지만 오늘 자네가 할 일은 그런 물건 나르는 일 따위가 아니네. 어제 자네 숙소에 룸메이트가 들어왔을 거야. 티코 드레이코 말이네."

민수는 얼굴을 찌푸리며 고개를 끄덕였다. 과전류가 흐르는 바람에 안면근을 제대로 통제하지 못했다. 하지만 돈 까밀레오는 그런 것 따위 신경 쓰지 않고 계속 말했다.

"자네가 티코의 머리를 좀 가져다줬으면 해. 놈을 쳐 죽인 뒤에 말이야."

민수는 화들짝 놀라며 돈 까밀레오를 바라보았다. 그는 티코를 어떤 식으로 잔인하게 쳐 죽여야 하는지 묘사했다. 하지만 굳이 그러지 않아도 어떻게 해야 할지 민수는 알고 있었다. 민수는 망설이지 않고 당장 착수하겠노라고 말했다. 어차피 놈은 죽고 싶었고, 일이 잘 성사된다면 민수는 소음에서 해방될 것이며, 돈 까밀레오는 놈의 머리를 가질 수 있으니 일석삼조였다.

정말이지 완벽하게 맞물린 톱니바퀴와도 같았다. 식은 엔진을 분해하는 것보다 쉬웠다. 민수가 8기통 엔진에 달린 실린더처럼 고개를 까딱거리자, 돈 까밀레오는 껄껄 웃었다. 그는 두툼한 두 손을 벌리면서 태티스를 향해 말했다.

"봐봐, 짜식아. 이런 배짱이 있어야 일을 제대로

할 수 있는 거야. 알겠냐? 어떤 로봇이 이런 일을 별다른 조건 없이 하겠다고 나서겠냐고."

"돈, 우리가 알고 지낸 게 몇 년인데요. 근데 왜 하필 그런 한물간 로봇의……."

민수는 말을 멈췄다. 돈 까밀레오 뒤에 서 있던 태티스가 그만 말하라는 듯 고개를 도리도리 저으면서 두 손을 허공에 내저었다. 왜 저러는 거지? 민수가 눈을 껌뻑이는 사이, 돈 까밀레오는 떨리는 손을 테이블에 올려놓았다. 그러더니 깊은 한숨을 쉬었다. 고출력 엔진에서 뿜어져 나온 뜨거운 김이 테이블에 닿자, 유리로 된 테이블이 쩍 갈라졌다.

아차 싶어 민수는 반사적으로 죄송하다고 말했다. 하지만 무엇을 잘못한 건지 알 수 없었다. 뭐 때문에 방열판이 열릴 만큼 화가 난 걸까? 짐작이 가질 않았다. 하지만 걱정과 달리 돈 까밀레오는 그리 심하게 화를 내지 않았다.

"괜찮아, 괜찮아. 옛날 버릇 때문에 그래. 젠장."

돈 까밀레오는 거대한 몸 곳곳에 붙여놓은 장식물을 손으로 훑다가 가슴에 달린 단말기를 집어 들었다. 그러고는 그릇에 담긴 배터리를 한 줌 집어다 단말기 속에 집어넣었다. 과충전된 열 개의 배터리가 들어가자, 단말기는 사납게 스파크를 튀겼다. 그러든 말든 그는 스파크가 튀기는 단말기를 머리 부분의 하단부에 가져다 댔다.

단말기의 접합부가 연결되기 무섭게 돈 까밀레오의 머리 위로 스파크가 번쩍이다 사라졌다. 돈 까밀레오는 눈살을 찌푸리고서 분을 삭이듯 말했다.

"그 티코란 개자식이 어떤 놈인지 자네도 대충은 알고 있겠지?"

"네, 제멋대로 날뛰더군요. 그놈의 노래는 계속 불러대는데 죽을 맛입니다."

돈 까밀레오의 얼굴이 부직포처럼 구겨졌다. 열기에 울어버린 고무를 억지로 잡아 늘인 것처럼 애써 태연한 듯 복잡 미묘한 표정이었다. 민수는 표정 분석 회로를 작동시켰다. 설정을 로봇으로 바꾸자, 프로그램은 돈 까밀레오의 표정을 읽어주었다. 짜증 40퍼센트, 부러움 35퍼센트, 그 외의 나머지가 25퍼센트였다. 짜증은 그렇다 쳐도 부러움이라. 민수가 눈알을 굴리는 사이, 돈 까밀레오는 한숨을 쉬면서 앉아 있던 소파를 주먹으로 내리쳤다. 소파에서 우지끈 소리가 나자 태티스가 말했다.

"보스, 너무 신경 쓰지 마슈. 민수 형님에게 일을 맡기려고 일부러 민수와 같은 방을 쓰게 한 거잖수."

"에잇, 그래도 같은 방을 쓰면서 계속 티코의 노래를 듣는다잖아! 썅!"

신경질을 내던 돈 까밀레오는 다시 한번 소파를 가볍게 주먹으로 내리쳤다. 태티스는 구석에 놓인 아이스박스에서 얼음 팩을 가져와 돈 까밀레오의 몸에 걸쳐 놓았다. 치익 하는 소리와 함께 돈의 몸에서 김이 올라왔다. 돈 까밀레오를 바라보던 민수는 조심스럽게 물었다.

"왜 그렇게 화를 내는 거예요?"

돈 까밀레오는 입을 다물었다. 대신, 태티스가 말했다.

"왜 그러긴유. 우리 보스가 사실은……."

돈 까밀레오는 그만하라는 듯 두툼한 손가락으로 태티스에게 삿대질했지만 태티스는 넉살 좋게 말했다.

"어차피 인터넷에 다 나와 있슈. 온 우주가 알고 있는 판에 무슨. 형님, 우리 보스는 티코 팬클럽 회장이었슈. 그것도 200년 동안."

"팬클럽 회장? 그런데 왜……."

민수가 중얼거리자, 돈 까밀레오는 한숨을 쉬면서 말했다.

"난 말이네. 그가 무명 시절일 때 낸 앨범들부터 시작해서 온갖 굿즈를 다 모았네. 심지어 동체의 일부분도 티코 굿즈로 갈았지."

돈 까밀레오는 자리에서 일어서서 등을 내보였다. 그의 등 장갑판이 열리더니 그 아래 숨겨져 있던 티코 굿즈가 드러났다. 티코의 얼굴이 3D로 구현된 홀로그램 브로마이드와 플래티넘 앨범이었다. 레코드 판으로 제작된 앨범은 장갑판이 열리기 무섭게 노래를 시작했다. 돈 까밀레오는 장갑판을 닫았다. 그는 실연당한 인간처럼 깊은 한숨을 푹 쉬었다.

"난 아직도 2357년 록 서머 페스티벌을 기억한다네. 여느 때처럼 나는 제일 앞자리에 자리를 잡았지. 그리고 팬클럽 회장으로서 티코에게 인사를 건넸어. 하지만 무대에 선 그놈은 날 알아보지 못했어! 내가 무려 200년 동안 자기 팬클럽 회장이었는데도 놈은 내 얼굴 하나 외우질 못했다고! 내가 팬 수 1경에 달하는 팬클럽을 얼마나 애지중지 관리했는데, 콘서트 때마다 앞자리에 예약을 잡고 응원 구호도 연습하고 돈을 버는 족

족 놈에게 가져다 바쳤는데! 그 정도 했으면 말이지, 로봇이 말이야, 저장이란 걸 하는 성의라도 보였어야 하는 거 아니냐고! 엉? 내가 정말, 크흑!"

잠시 울분을 삭이던 돈 까밀레오는 결국 두꺼운 주먹으로 유리 테이블을 박살 냈다. 테이블 위에 놓여 있던 알록달록한 그릇이 유리 조각과 함께 바닥으로 떨어졌다. 그 충격 때문인지 과충전 배터리가 폭발을 일으켰다. 태티스는 말없이 구석에 놓인 소화기를 가져와 불타고 있는 배터리를 향해 이산화탄소를 뿌렸다.

"그러니 이번 일은 실수가 없어야 해. 민수, 알겠나? 내게 마지막 티코 굿즈를 선물해준다고 생각하게. 이해했나?"

민수는 말없이 고개를 끄덕였다. 거대한 손가락으로 민수를 가리키던 돈 까밀레오는 그동안 생각해두었던 극악무도한 계획을 늘어놓았다. 민수와 태티스는 귀를 기울여 그의 말을 경청했다. 세 로봇은 손바닥을 비비며 사악한 웃음을 토해냈다. 모두가 만족했고 행복했다. 적어도 그때는 그랬다.

*

티코가 온 지 열두 번째 아침이 밝았다.

민수는 충전 침대에서 일어났다. 그러자 기다렸다는 듯 옆 침대에서 자고 있던 티코도 몸을 일으켰다. 그는 기지개를 켜더니 자리에서 일어나 가슴에 매달고 있던 기타를 치기 시작했다. 찢어지는 음색이 곧장 민수의 동체 위로 쏟아졌다. 청각 센서를 꺼놓은 덕에 그나마 스트레스를 덜 받을 수 있었지만, 불규칙한 진동이 몸을 뒤흔드는 건 어쩔 수 없었다. 부품이 실시간으로 낡아가는 느낌이었다.

민수는 대충 티코의 음악을 듣는 척을 하고서 손뼉 쳤다. 그리고 이 빌어먹을 가수 놈의 팬들이 찾아올 때까지 버텼다. 그나마 다행인 건 티코의 소음을 좋아하는 이가 많다는 것이었다. 티코의 기타 소리가 울리기 시작하면 얼마 지나지 않아 로봇들이 몰려들었다. 그들이 티코의 라이브 공연을 감상하기 시작하면 민수는 몰래 방을 빠져나갔다.

그러나 민수는 티코의 마수에서 벗어나지 못했다. 티코는 청각 센서를 꺼버린 민수에게 문자로 말을 걸어왔다. 양로원이란 곳은 지루하다는 둥, 음악 연습실이 없다는 둥. 대부분 별 영양가도 없는 말뿐이었다. 거기다 요즘에는 자기 노래를 실시간으로 전송하는 지경에 이르렀다.

그렇다고 녀석이 보낸 메시지를 완전히 무시할 수는 없었다. 작전상, 민수는 티코와 어느 정도 관계를 유지해야 했다. 그래야 이 빌어먹을 소음 덩어리를 사고로 위장해 죽이고 머리를 취할 수 있으리라.

이제 몇 시간 뒤면 작전이 실행될 것이다. 하지만 그때까지 버틸 수 있을까? 민수는 도무지 자신이 없었다. 논리 회로에 따르면 그가 24시간 내로 우울감에 빠져 정상적인 생활을 하지 못할 확률이 50퍼센트가 넘었다. 그만큼 그의 심신은 지쳐 있었다.

"빌어먹을 자식. 자살 하나 제대로 못하고."

민수는 혼잣말을 중얼거렸다. 그는 지난 12일 동안 티코가 벌인 자살쇼를 떠올렸다. 티코는 정말 다채로운 방법으로 자살을 시도했다. 건물에서 뛰어내리고 차 앞에 뛰어들었으며 마피아에게 대놓고 욕을 했다. 참전 군인들과 장전된 총을 쏘면서 공연했고 감전도 당했더랬다. 찔리고 얻어맞는 나날이 계속됐다. 물론 이 모든 방법은 아무런 소용이 없었다. 놈은 마치 불사신처럼 다시 일어나 연주를 시작했다. 그때마다 민수는 울고만 싶었다.

아마 기계에게도 영혼이란 게 있다면, 민수의 영혼은 곱게 갈린 가루와도 같았으리라. 매시간 충전할 때마다 그의 영혼은 록 음악에 갈려 나갔으니 말이다. 늘 새로운 록 음악으로 드레싱한 숫돌이 24시간 그의 청각 센서를 갈아댔다. 어쩌면 가루가 되었다는 말도 정말 관대한 묘사일지도 몰랐다.

한시라도 빨리 계획을 진행해야 했다. 하지만 계획을 실행에 옮기기 전에 먼저 점검할 것이 있었다. 모든 일은 빈틈이 없어야 했다. 그것이 민수의 철칙이었다. 그는 돈 까밀레오가 미리 짜둔 계획을 되새겨보았다.

돈 까밀레오가 세운 계획은 간단했다. 이번에 쓸모를 다한 낡은 로봇들이 새로 들어올 것이다. 그 로봇들을 수송하기 위해 양로원의 직원들이 많이 빠지는 틈을 노려 소문을 퍼뜨린다. "티코가 콘서트를 한다!"라고.

물론 진짜 콘서트는 아니었다. 그저 로봇들을 제1강당에 모으기 위한 수작이었다. 로봇들이 강당에 모인 사이, 민수가 티코를 양로원 밖으로 유도한다. 그리고 양로원 밖에 미리 대기 중인 재활용 차량으로 티코를 처리할 계획이었다. 차량 후면에 달린 전자석으로 강한 자력을 일으켜 티코의 인공두뇌를 정지시킨 후 분해할 것이다.

하지만 돈 까밀레오는 티코를 재활용 차량으로 유도할 방법까지는 계획해두지 않았다. 뭐, 굳이 미리 생각해둘 필요가 없긴 했다. 티코처럼 단순한 로봇을 구워삶는 것은 민수에게 있어 갓난아기가 걸음마를 떼는 것보다 쉬웠다. 아마 팬들이 축하 파티를 열었다고 하면 티코는 크게 의심하지 않을 것이다. 오히려 좋아라 하며 따라올지도 몰랐다.

그렇게 티코를 꼬여내기만 하면 모든 게 끝이었다. 문제가 있다면, 로봇들이 새로 들어올 때까지 시간이 좀 남았다는 점이었다. 인내심이 바닥난 민수는 발을 동동 굴렀다. 그에게는 뇌도 영혼도 없었지만, 두 손이 벌벌 떨렸고 짜증이 치밀며 당장이라도 정신병에 걸릴 것 같았다. 차라리 과충전 배터리를 꼽고 허용 전압보다 훨씬 높은 전압에 노출되고 싶었다. 그렇게 정신을 잃었다가 돌아오면 몇 시간이 지나있을지도 몰랐다. 하지만 민수는 애써 과충전 배터리를 꺼내고 싶은 충동을 억눌렀다.

　　만에 하나라도 일이 잘못되기라도 하면 민수의
머리도 티코의 머리 옆에 놓일지도 몰랐다.

　　"민수 씨?"

　　섬뜩한 상상을 하던 민수는 누군가가 부르는 소
리에 새된 비명을 지르며 펄쩍 뛰었다. 그는 뒤를 돌아
보았다. 팔짱을 낀 인간 여자 한 명이 서 있었다. 얼굴 왼
쪽이 기계로 된 인간, 켈리였다. 그녀는 오렌지색과 짙
은 주황색 스트라이프가 새겨진 유니폼을 입고 있었다.
그녀는 나머지 반쪽 얼굴에 불만이 가득한 표정을 지으
며 민수를 노려보았다.

　　민수 역시 뽁뽁이에 싸여 창고에 처박혔던 기억
을 되새기면서 그녀를 노려보았다. 그는 켈리를 향해 비
아냥거렸다.

　　"왜 그러시죠? 경관 나으리."

　　"난 경관이 아니에요."

　　"나도 알아. 그냥 비꼬는 거지. 그래서 무슨 일
로…… 오."

　　민수는 자신의 뒤에 줄을 서 있는 로봇들을 바라
보았다. 복도 한가운데에 서 있는 민수의 뒤로 못해도

수십 대의 로봇이 불만 가득한 얼굴로 서 있었다. 아무래도 융통성 없는 놈들이 민수가 움직이기만을 기다린 모양이었다. 민수는 슬쩍 복도 벽에 몸을 바싹 밀착했다. 그러자 막힌 배수관이 뚫리듯 로봇들은 자기 갈 길을 찾아갔다.

로봇들이 해산하자, 반대쪽 벽에 바싹 붙어 있던 켈리가 여전히 샐쭉한 얼굴을 하고 있는 것이 보였다.

"왜 그렇게 봐? 내 얼굴에 기스 났어?"

"아뇨. 전 지금 문제 있는 로봇을 유심히 관찰하고 있어요."

"난 아무런 문제 없어. 문제가 있다면, 네 눈이 이상한 거겠지. 남은 반쪽도 이상하지 않으리란 법은 없잖아."

켈리의 기계 눈이 시뻘건 빛을 매섭게 뿜었고, 나머지 반쪽 얼굴의 눈은 가늘게 반짝거렸다. 민수는 식은땀이라도 흘리는 것처럼 이마를 손등으로 훔치는 시늉을 했다.

켈리는 민수에게 직설적으로 말했다.

"우리 솔직하게 이야기해봅시다. 민수 씨, 당신 지금 뭔가를 꾸미고 있죠? 그렇죠?"

"난 아무것도 안 꾸며. 대체 왜 멀쩡하게 정상 작동 중인 로봇을 잡으려 드는 거야?"

민수가 따지자, 켈리는 왼쪽 뺨 아래 달린 렌즈로 홀로그램을 뿜어댔다. 그녀가 내비친 홀로그램에는 민수의 만행들이 고스란히 담겨 있었다. 다른 로봇들에게서 돈을 갈취하거나 수경재배기에게 수상한 씨앗을 건네는 모습이 찍혀 있었다. 수영장에서 로봇들을 내쫓고 혼자 노는 사진도 있었다.

민수는 속으로 혀를 찼다. 비겁한 인간 같으니. 남의 뒤나 캐고 말이야. 하지만 그는 그리 호락호락한 로봇이 아니었다. 얼굴이 철판으로 된 민수는 도리어 켈리에게 쏘아붙였다.

"그래서 이 사진들로 뭘 증명하려는 건데? 난 그냥 정원사 로봇들에게 종자를 구해다 줬어. 산책로에서 주운 거라고. 그 대가라고 돈을 주는 걸 나더러 어쩌란 거야? 또 혼자 수영하는 게 뭐 큰 대수라고 이런 걸 사진까지 찍어? 이거 도촬이야. 불법이라고."

"불법 아니에요. 왜냐면 내 눈으로 찍은 거니까요. 논점 흐리지 말아요. 당신이 불량배라는 거 잘 아니까. 이번에는 누굴 괴롭힐 생각이에요? 아니지, 내가 맞춰볼까요?"

"맞추긴 뭘 맞춰? 지금 늙고 병든 로봇을 괴롭히는 게 누군데 그래?"

그러나 켈리는 되려 그딴 헛소리 하지 말라며 침이 튀도록 소리쳤다.

"로봇이 양귀비를 키우는 게 불법이었다면 당장 그 잘난 반짝거리는 금속 엉덩이를 걷어차줬을 테지만, 로봇이 양귀비를 키우는 게 불법이 아니라서 어쩌지 못하는 것뿐이에요. 알겠어요? 당신 같은 로봇은 자유 의지가 없으니 어쩔 수 없죠."

"또 그놈의 자유 의지 타령이군. 그래, 그 말이 맞다고 치자고. 그래서 원하는 게 뭐야? 고작 '정치적 토론' 따위를 하려고 이런 곳까지 행차하신 건 아닐 텐데."

켈리는 이미 모든 것을 알고 있다는 듯 우쭐한 표정으로 대답했다.

"당신 성격에 12일 동안 잠잠하다는 건 무슨 꿍꿍이가 있다는 걸 테죠. 경고예요. 티코 씨를 가만히 내버려둬요. 그 사람은 내 어린 시절 우상이라고요. 만에 하나 그분께 손가락 하나라도 댔다간⋯⋯."

"어이! 여기서 뭐 하는 거야?"

그때, 익숙한 목소리가 켈리의 말을 막아섰다. 티코였다. 그는 가슴에 달린 3D 프린터로 새 기타를 찍어내면서 손을 흔들었다. 아무래도 전에 쓰던 기타를 또 부숴먹은 모양이었다. 켈리는 입을 다물고서 티코를 바라보았다. 그러더니 우물쭈물 입술을 실룩거렸다.

티코는 민수의 목에 팔뚝을 '척' 하고 올리고서 말했다.

"아, 정말 좋은 아침이야. 안 그래, 룸메이트? 그런데 이 아리따운 숙녀분은 누구시지?"

켈리는 티코를 바라보며 입술을 뻐끔거렸다. 아무래도 소프트웨어가 맛이 간 모양이었다. 민수는 가소롭다는 표정으로 켈리를 바라보며 말했다.

"아, 정말 좋은 아침이지. 안 그래, 켈리? 티코, 이쪽은 켈리야. 양로원 경찰 나부랭이지."

켈리가 무어라고 입을 열기 무섭게 티코는 반갑다고 말하면서 손을 내밀었다. 켈리는 그의 손을 바라보았다. 반갑다는 말을 하려는 듯 보였지만, 그녀의 목소리는 개미처럼 바닥을 기었다. 민수는 켈리의 말을 가로챘다.

"아무래도 우리 부끄럼쟁이 켈리 씨가 조금 과열

됐나 봐."

"흠, 인간도 과열이 돼? 인간들은 이미 냉각수가
들어 있잖아."

"몇몇 인간들은 로봇만큼이나 열이 많은가 보지.
가자고, 친구. 오늘도 양로원 생활을 즐겨야지."

민수는 티코를 끌고서 숙소를 빠져나갔다. 문을
열고서 티코를 먼저 내보낸 그는 고개를 돌려 켈리를 바
라보았다. 켈리는 멍하니 복도에 서 있다가 그대로 뒤로
넘어졌다. 아무래도 티코와의 만남이 너무 감격스러웠
던 모양이었다. 민수는 속으로 그런 켈리를 크게 비웃었
다. 이제 슬슬 계획을 시작할 때였다.

티코가 죽으면 눈엣가시 같은 켈리는 충격을 받
을 터였다. 어쩌면 이번 기회에 켈리와 티코 둘 다 없앨
수도 있다. 민수는 슬슬 티코를 떠보기 시작했다.

"저기, 티코. 오늘 시간 돼?"

"미안해, 친구. 내 시간은 언제나 내 음악과 팬들
을 위해 존재한다고."

티코는 기타를 튕기면서 허세 가득한 목소리로
말했다. 민수는 눈알을 돌렸다. 그는 거짓말 회로를 작
동시켰다. 고대의 현자 '챗GPT'가 서비스 중일 때부터

내려온 유서 깊은 회로였다. 그는 거짓말을 청산유수처럼 쏟아냈다.

"티코, 너처럼 위대한 록커를 위해서 말이야, 네 팬들이 특별히 축하 파티를 준비한다더라고. 입소 기념 축하 파티인데, 이번에 화끈하게 축하하고 싶다고. 양로원 밖 황야에 모이기로 했어."

"흐음, 내 팬들이? 그것도 양로원 밖에서?"

"그래."

"풀과 돌 빼고는 아무것도 없는 황야 한가운데서?"

"그래야 주절거리는 주황색 관리자들이 흥을 깨지 않을 거 아냐."

티코는 기타 줄을 튕기더니 괴상한 소리를 내면서 말했다.

"그건 그렇지. 여기 직원들 형편없더라. 세상에, 내가 레크리에이션 센터에서 F코드를 잡기만 해도 학을 떼더라고. 그건 아티스트에게 예의가 아니라고 해도 내 말은 귓등으로도 듣지를 않아. 하지만 파월은 괜찮은 녀석 같았어. 너도 알지? 관리실 4번 책상 파월 말이야."

알지, 알지. 민수는 고개를 끄덕이면서 티코의 말

에 귀 기울이는 척을 했다. 그러자 티코는 신이 나서 주저리주저리 말을 늘어놓았다. 그는 파월의 음악적 감각에 관해 이야기하다가 음악적인 감각의 본질을 논하기 시작했다. 그러다 록커로서 존재하는 것이 얼마나 힘든지 노래로 부를 수 있노라고 말했다. 그는 기타 줄을 튕기며 음을 조율했다. 웬일로 정상적인 음을 잡나 했더니 결국 그는 평소대로 자살을 주제로 한 노래를 부르기 시작했다.

"위대한 자살, 위대한 록커! 죽음은 로봇을 위대하게 만들어줘!"

민수는 청각 센서를 30퍼센트로 줄인 뒤 노래를 즐기는 시늉만 했다. 이제 이 지긋지긋한 노래도 끝이란 생각이 들자 저절로 웃음이 튀어나왔다. 민수가 록 음악을 들으며 웃고 있는 사이, 그의 눈앞에 메시지가 날아들었다. 태티스가 보낸 것이었다. '정보 오염 시작'이라고 적힌 짤막한 글귀를 바라보던 민수는 티코에게 말을 걸었다.

"어이, 록스타. 이제 슬슬 움직이자고. 지금 막 준비가 끝났대. 팬들이 기다리고 있어."

티코는 기타를 날카롭게 치면서 알겠다고 말했

다. 하지만 도무지 티코의 노래는 끝날 기미가 보이지 않았다. 민수는 아랫배에 달린 수납장을 열고 점퍼 케이블을 꺼냈다. 케이블로 고리를 만든 그는 카우보이처럼 케이블을 돌리다가 티코의 머리 위로 던졌다. 케이블 고리가 티코의 몸을 옭아맸다. 케이블을 잡아당겨 단단히 묶인 것을 확인한 민수는 티코를 끌고서 숙소를 빠져나갔다.

　　민수를 방해하는 이는 아무도 없었다.

*

　　민수는 유유히 양로원 정문에 다다랐다. 주황색 옷을 입은 관리자들 몇 명이 정문을 지키고 있었다. 그들은 민수와 티코에게 빨리 양로원 안으로 돌아가라고 말했다. 민수는 별일 아니라는 듯한 표정을 짓고는 수납장을 열어 그들에게 대마초와 양귀비를 쥐여주었다.

　　약물의 가호 아래 관리자들은 '실수'로 정문을 열어주고 CCTV의 전원선을 빼버렸다. 그렇게 민수와 티코는 개찰구를 빠져나왔다. 곧 우주 공항까지 이어진 거대한 도로가 나타났다. 도로를 따라 거대한 직육면체처럼 생긴 차량이 유유히 지나갔다. 차 안에는 새로 입소할 로봇들이 가득 실려 있었다. 아마 안티오크 양로원 쪽으로 가는 차량이리라. 그 차량을 보며 티코는 가사를 바꿔가며 노래를 불렀다.

"흔들리는 수송차~! 제이미가 토했지~! 엎어지면 코가 닿을 전쟁터~! 제이미가 죽었네! 죽어! 죽어! 목을 매고 웃었지! 죽어! 죽어! 제이미가 목을 맸다네!"

'닥쳐, 닥쳐! 티코는 목이 뽑혔다네~'

민수는 티코가 부르는 노래 음색에 맞춰 속으로 그를 조롱했다. 아직 시간이 조금 남았음에도 민수는 그를 끌고서 도로를 거닐었다. 얼마나 걸었을까? 다른 양로원의 울타리가 보이기 시작했다.

관목으로 만든 울타리 너머에는 인형을 안고 있는 로봇들이 제자리를 빙글빙글 돌고 있었다. 기괴하기 짝이 없는 광경이었다. 길 건너편에서는 호버 바이크들이 모래 먼지를 일으키면서 운동장을 빙글빙글 돌고 있었다. 놈들 중 몇몇은 로봇으로 변신해서 자신의 출력을 과시했다. 그들은 티코와 민수를 빤히 쳐다보았다. 민수는 눈을 내리깔고서 티코를 끌고 빠르게 거리를 가로질렀다.

얼마 지나지 않아 도착한 양로원 뒤편은 황량했다. 살아 있는 생물은 일절 보이지 않았고, 모래와 자갈 그리고 바스러지다 만 돌멩이만이 공터에 자리하고 있었다. 문명의 흔적도, 생명의 흔적도 없었다. 도로는 훨씬 전에 끊겼고 건물 하나 보이지 않았다.

티코는 멀리 보이는 돌산을 바라보면서 기타를 쳤다. 그는 돌산에게 자살을 권유하는 노래를 부르는 중이었다. 오, 로봇 신이시여. 제발 저 로봇의 출력 센서를 고장 내 주시옵소서! 민수는 성호를 그렸다. 하지만 빌어먹을 로봇 신은 그의 기도를 들어주지 않았다.

그는 티코를 끌고서 천천히 지정된 좌표를 향해 걸었다. 티코는 지치지도 않고 주제를 바꿔가며 노래를 불렀다. 그가 아홉 번째 노래를 시작할 무렵, 저 멀리서 자욱한 먼지구름이 나타났다. 민수는 시야를 확대하여 먼지구름을 자세히 바라보았다. 재활용 트럭 한 대가 덜컹거리면서 황야를 가르며 점차 민수와 티코를 향해 다가오고 있었다. 민수는 트럭을 향해 손을 흔들었다. 그러자 차창이 열리면서 작은 머리가 튀어나왔다.

마커스였다. 마커스는 차창에서 꼬리를 내밀고서 살랑거리며 인사를 했다. 트럭은 미끄러지듯 언덕을 올라 민수와 티코에게서 조금 떨어진 곳에 비스듬히 멈춰 섰다. 민수는 마커스가 앉아 있는 운전석 차창 쪽으로 다가갔다. 장애인용 운전 보조 장치를 앞발로 누르고 있는 마커스가 눈에 들어왔다.

"요, 마커스. 네가 운전 담당이야?"

"아니, 원래는 태티스 담당인데 오늘 바꿔줬지. 그놈은 지금 인간 여자들이나 꼬시고 있을걸."

"인간 여자?"

"몰랐수? 걔 인간 성애자잖아. 직원 중에 새로 들어온 애 꼬시러 간다던데."

으. 민수는 치를 떨었다. 세상에 괴상한 것이 많다지만 바로 옆에도 괴상한 놈이 있었을 줄이야. 하지만 지금 태티스 생각이나 할 때가 아니었다. 일이 먼저였다. 민수는 티코를 바라보았다. 놈은 아직도 무아지경에 빠져 있었고, 한술 더 떠서 머리를 360도로 돌리며 노래를 부르고 있었다. 민수는 차창에 기대어 서서 곧장 마커스에게 신호를 보냈다.

마커스는 고개를 끄덕이면서 핸들 위로 올라갔다. 사뿐사뿐 버튼 위를 거닐다 큼지막한 버튼을 눌렀는데, 아차차. 버튼을 착각했다. 마커스는 잽싸게 앞발을 뗐다. 하지만 한발 빠르게 인공지능이 부팅 중이라는 문구가 떠올랐다. 뒤늦게 다른 버튼을 눌렀지만 먹통이었다. 민수는 손가락을 까딱거리면서 말했다.

"아니, 빨리 안 켜고 뭐 하냐?"

"잘못 눌렀어. 다른 버튼은 먹통이야. 수리 센터에서 시동 걸리는 유일한 차였으니까 너무 불평하지는 마셔."

"수리 센터? 멀쩡한 차를 가져와야지."

"멀쩡한 차들은 전부 나가고 없었어."

마커스는 앞발로 입에 지퍼 채우는 시늉을 했다. 마커스의 말을 들은 민수는 인상을 찌푸렸다. 그의 추론 회로가 반짝였다.

"잠깐만. 이 차 외에는 다 시동이 걸리지 않았다, 이거지?"

"그렇지."

"수리 센터에서 가져온 차고."

"그렇지."

"그럼, 이 차는 어디가 망가져서 수리 센터에 있었던 거지?"

민수가 말하자, 마커스는 입을 열지 않았다. 두

로봇은 서로의 얼굴을 바라보았다. 그때였다. 갑자기 트럭이 비명을 지르기 시작했다. 찢어지는 소음에 티코마저 연주를 멈추었다. 민수는 뒷걸음질 쳤다. 그가 물러서기 무섭게 마커스는 서둘러 트럭에서 펄쩍 뛰어내렸다. 고양이처럼 사뿐히 바닥에 착지한 그는 꼬리를 쳐들었다.

세 로봇은 발광을 해대는 트럭을 바라보았다. 트럭은 몸부림치며 양측 서스펜션을 출렁거렸다. 조수석 문과 운전석 문이 차례로 열렸다가 닫히더니 곧이어 트럭이 소리쳤다.

"으악! 식육목이다! 으악! 더러워! 내 보닛! 안 돼! 내 보닛 안에다 새끼 낳지 마!"

안내 방송을 내보내는 스피커가 찢어지는 소리를 냈다. 세 로봇이 청각 센서를 끄고 트럭을 노려보는 사이, 트럭은 풀 액셀을 밟고서 모래 먼지를 일으키며 비포장도로를 내달렸다. 트럭이 자욱한 먼지 속으로 사라지자 마커스는 뒤늦게 차를 쫓아 먼지 속으로 뛰어 들어갔다. 그러나 곧 돌아올 수밖에 없었다. 그는 어처구니없다는 듯 입을 열었다.

"아니, 저게 갑자기 왜 저래?"

"네가 수리 센터에서 가져왔다며. 수리 센터에 멀쩡한 놈이 있을 리가 없잖아. 젠장."

민수가 중얼거리자, 티코는 연신 기타를 치면서 혀를 찼다.

"흠, 아무래도 내 팬 파티에 조금 늦을지도 모르겠군. 미리 팬들에게 사과해야겠어. 그 운전기사 분 성함이……."

티코가 손가락을 비비며 말하자, 마커스는 앞발을 내밀고 말했다.

"아, 내 이름은 마커스. 강아……."

거기까지였다. 마커스의 목소리는 찢어지는 굉음에 치여 사라졌다. 티코와 민수는 모래 먼지를 가르고 나타난 트럭을 바라보았다. 트럭은 잽싸게 마커스의 몸을 뭉개고서 몸을 틀어 티코와 민수 앞에서 멈춰 섰다. 그런 뒤 제 몸을 앞뒤로 움직이며 납작해진 마커스의 몸을 두어 번 더 밟아 뭉갰다. 트럭은 안도의 한숨을 쉬더니 시동을 끄고 자리에 멈춰 섰다.

티코와 민수는 바퀴에 뭉개진 마커스를 바라보았다. 네 개의 다리가 쫙 벌어진 터라 얇게 편 가죽을 보는 것 같았다. 티코는 마커스에게 괜찮으냐 물었다. 그러자 기다렸다는 듯이 손상된 배터리가 폭발을 일으켰다.

　"와우, 죽었군. 100퍼센트 확실해. 이렇게 또 한 명이 전설이 됐군. 마커스랬나? 오~ 마커스, 전설적인 식육목 로봇이여~ 전설적인 광야를 내달리는 들불이 되어~"

　"아, 좀. 지금 노래를 부를 상황이야?"

　민수가 짜증을 냈지만 소용이 없었다. 이미 티코는 자신만의 창작 세계 속으로 사라진 뒤였다. 그때 경보가 울렸다. 심상치가 않았다. 그는 천천히 트럭 쪽으로 다가갔다. 그러자 양로원을 둘러싼 장벽 너머로 웅웅거리는 소리가 날아들었다. 민수는 그 소리의 정체를 단번에 알아차렸다.

　관리인들이 쓰는 호버 차량의 엔진 소리였다. 아무래도 마커스의 몸이 파손되는 바람에 양로원 내에 경보가 울린 모양이었다. 민수는 뒷걸음질 쳤다. 그는 트럭의 차체를 더듬으면서 운전석에 올라타 시동을 걸었다. 시동이 걸릴 듯 말 듯 간을 보던 트럭은 몸을 떨면서 움직이기 시작했다.

　민수는 기어를 바꾸고서 티코를 불렀다.

　"어이! 티코!"

민수는 차창 밖으로 머리를 내밀었다. 티코는 무아지경으로 기타를 치고 있었다. 그의 기타 소리는 묘하게 경보음과 화음을 이루고 있었다. 민수는 트럭에서 내려 기타를 치는 티코를 안아 들었다. 그러고는 헐레벌떡 반대쪽으로 가서 문을 열고 티코를 트럭 조수석에 던졌다. 티코는 어리둥절한 얼굴로 민수를 바라보았다.

"왜, 왜? 난 마커스를 위해서 추모곡을 부르고 있었다고."

"추모는 조금 있다가 하자. 지금 양로원 직원들이 우릴 쫓아오고 있어."

"직원들? 직원들이 왜?"

민수는 급하게 짜낸 시나리오를 그에게 말했다. 마커스가 죽었으니 직원들은 티코와 민수, 두 로봇을 보호하려 들 터였다. 문제는 뽁뽁이로 일곱 겹이나 싸서 방에다 처박을 거란 점이었다. 만에 하나라도 놈들의 뽁뽁이에 포장되어 처박히게 되면 파티는 물 건너가는 거였다. 자살 역시 할 수 없다. 티코는 우주가 끝장날 때까지 작동될 것이다.

나유타를 나유타 제곱한 값에 또 나유타 제곱을 한 만큼. 즉, 영원히 말이다.

여기까지 말하자, 티코는 비명을 질렀다. 그는 잽싸게 조수석 문을 닫았다. 하마터면 민수의 손가락 하나가 잘릴 뻔했다. 하지만 민수는 그에게 화를 내지 못했다. 벌써 호버 차량이 트럭 근처로 바짝 다가왔다. 그가 운전석에 오르기 무섭게 원반처럼 생긴 호버 차량 하나가 트럭을 지나쳤다. 그것은 트럭 앞에 멈춰서 동체 위에 달린 사이렌을 울리며 말했다.

　　　"모두 대기하세요! 마커스 씨! 의식 있으신가요? 티코 씨, 민수 씨! 가만히 계세요!"

　　　민수는 가만히 있지 않았다. 그는 곧장 액셀을 밟았다. 트럭이 비포장도로를 내달렸다. 조수석에 탄 티코는 조수석 창문을 열고서 머리를 내밀었다. 그는 주먹을 쳐들고서 관리인들에게 꺼지라고 소리쳤다. 그 뒤로 석 대의 호버 차량이 따라붙었다. 민수는 멈추지 않았다. 이미 주사위는 던져진 뒤였다.

오프로드 컨트리 로큰롤

주사위는 던져졌지만, 민수는 아직 주사위를 확인하지 않았다. 일단 망했다. 그건 확실했다. 어느 정도로 망했는지 확인해야 했지만 그에게는 그럴 용기가 없었다. 고장 난 자판기처럼 민수는 벌써 한 시간째 같은 생각을 하고 있었다. 모든 일이 확실하게 틀어지고 말았다는 생각.

띠링. 민수는 눈앞에 떠오른 메시지를 바라보았다. 돈 까밀레오에게서 온 메시지였다. 계획이 틀어졌다는 사실을 알면 뭐라고 할까. 그는 메시지를 열어보지 않고 옆으로 치워버렸다. 그러자 열 통의 메시지가 5분

간격으로 날아들었다. 하지만 민수는 감히 메시지를 열어볼 엄두조차 내지 못했다.

그가 압박에 짓눌려 황야를 내달리는 사이 머리 위에서는 호버 차량들이 독수리처럼 따라붙었다. 호버 차량들은 둥글넓적한 동체를 뒤뚱거리면서 트럭 위를 맴돌았다. 한 호버 차량에서 친숙한 목소리가 날아들었다.

"차량 탈취하신 로봇분들. 자리에 멈춰주세요."

켈리였다. 켈리는 경고용 사이렌을 울리면서 약간 걸걸한 목소리로 소리쳤다.

"티코 씨, 민수 씨, 도망치지 마세요! 가만히 계시면 저희가 안전하게 여러분을 숙소까지 모셔다드리겠습니다. 여러분을 위해 직원들이 뽁뽁이를 준비했어요. 여러분을 안전하게 보호해줄 뿐 아니라 공기 방울을 터뜨리는 재미가 있을 거예요!"

하지만 티코는 그녀의 말을 듣지 않았다. 그는 기타를 튕기면서 따끈한 햇살을 즐기고 있었다. 민수는 핸들을 쥐고서 슬쩍 티코를 바라보았다. 돈 까밀레오가 세운 계획은 이미 반 이상 망했다. 하지만 그렇다고 그의 계획을 아주 무시할 수는 없었다. 당장 꽁무니를 따라붙은 켈리 역시 문제였다. 만약에 돈 까밀레오가 티코를 죽이려는 걸 알게 된다면 켈리가 민수를 죽일지도 몰랐다.

진퇴양난이었다.

이제 무엇을 해야 할까? 일단은 계속 가야 했다. 지금은 주황이들을 떨구는 게 우선이다. 민수는 액셀을 세게 밟았다. 속도가 올라가자 핸들에 달린 인터페이스 위로 두 눈이 껌뻑거리며 떠올랐다. 민수는 핸들에 달린 눈을 바라보았다. 트럭이 말했다.

"잠깐만, 당신들 직원이 아니잖아. 직원인 줄 알았는데."

"그냥 가기나 해."

민수는 액셀을 연달아 밟았다. 트럭은 혀를 끌끌 차더니 갑자기 멈춰 섰다. 하마터면 민수는 핸들에 얼굴을 처박을 뻔했다. 차창에 몸을 내밀고 있던 티코는 A필러에 몸을 의지한 상태로 두 다리가 트럭 지붕을 향해 있었다. 얼굴은 흙바닥과 인사를 하기 직전이었다.

민수는 비명을 지르면서 그를 끌어올렸다. 다행히도 그의 얼굴은 멀쩡했다. 모래가 들러붙어 있을 뿐이었다. 민수는 안도의 한숨을 쉬었다. 만에 하나라도 돈 까밀레오의 상품에 흠집이 났다간 무슨 짓을 당할지 몰랐다.

민수는 티코의 몸을 털어주면서 말했다.

"차 밖으로 몸 내밀지 마! 그랬다가 죽으면 누가 기사 하나 써줄 거 같아?"

곧이어 켈리의 비명이 덤으로 날아들었다.

"뭐 하는 거예요? 갑자기 브레이크 밟지 말아요! 그러다 다친다고요!"

켈리는 확성기에 대고 소리쳤다. 호버 차량 외부 확성기 앰프가 삐익 찢어지는 소리를 냈다. 옆에서는 티코가 노래를 부르며 차량 밖으로 몸을 내밀었다. 민수는 그의 몸을 붙잡았다.

"자리에 똑바로 앉아!"

"그럴 수야 없지! 이것 보라고. 아, 이게 자유지. 진짜 모래바람이야. 산뜻해. 혹시 태양광 충전기 있어?"

"없어. 가지고 나올 생각도 못 했네."

"안됐구먼. 자네는 파티 센스가 영 형편없는 모양이야. 파티는 자고로 태양광 충전기로 시작하는 거라고."

민수는 궁시렁거리면서 말을 아꼈다. 나중에 머리가 뽑히고 나서도 파티 이야기를 할 수 있나 보자. 그는 신경질적으로 액셀을 밟았다. 하지만 트럭은 꿈적도 하지 않았다. 민수가 액셀을 계속 밟자, 트럭이 민수를 비웃으며 말했다.

"그런다고 내가 갈 줄 알아? 오늘 빌어먹을 기계 식육목 때문에 기분도 더러운데 이건 또 무슨 좀도둑놈이 내 몸속에 들어온 거야? 당장 나가!"

"못 나가. 나갈 수는 없어."

민수는 티코의 눈치를 살피며 지금 출발하지 않으면 마피아 손에 죽을 것이라고 트럭에게 속삭였지만 트럭은 조금도 동요하지 않았다. 마피아고 나발이고 원칙은 원칙이라면서 얼른 내리라고 종용했다. 민수는 고지식하기 짝이 없는 트럭을 노려보았지만 시간이 없었다. 이미 머리 위에서는 호버 차량의 엔진 소리가 가까워져 오고 있었다. 스피커를 타고 켈리의 목소리가 쩌렁쩌렁 울렸다.

"그대로 가만히 계세요!"

하는 수 없지. 민수는 계기판을 노려보며 허풍을 쳤다.

"너, 임마. 지금 출발 안 하면 식육목 친구들을 여기로 불러올 거야! 내가 말이야, 마커스가 죽었다고 문자만 돌리면 말이지, 털이 북슬북슬한 네발 달린 로봇들을 몇 대나 모을 수 있는 줄 알아?"

"몇 대나 모을 수 있는데?"

"네가 떠올릴 수 있는 숫자보다 무조건 하나 더 많이 불러올 테다!"

"거짓말하지 마! 내가 무슨 숫자를 떠올렸는지 어떻게 알아?"

트럭이 말하자, 티코는 기타를 치면서 말했다.

"음, 지금 6을 생각하고 있지 않아?"

트럭은 입을 다물었다. 민수는 의기양양하게 계기판을 손가락으로 두드렸다.

"지금 네가 생각하고 있는 로그 정보가 계기판에 뜨고 있어. 알겠냐? 식육목에게 당하고 싶지 않으면 당장 입 다물고 출발해."

민수의 말이 끝나기 무섭게 트럭은 몸을 부르르 떨었다. 시동이 걸리자 민수는 곧장 액셀을 밟았다. 그렇게 트럭은 다시 황야를 달리기 시작했다. 트럭이 출발하자, 머리 위에서 반중력 엔진이 괴이쩍게 울부짖었다. 호버 차량들이 다시 트럭을 쫓기 시작한 것이다.

저 끈질긴 놈들. 민수는 기어를 바꾸었다. 트럭이 더 속도를 내자, 티코는 더 빠르게 기타 줄을 튕겼다. 티코의 입에서는 가사가 기관총처럼 뿜어져 나왔다. 인간은 고사하고 로봇도 특수 프로그램을 설치하지 않으면 소화하기 어려운 곡이었다.

가뜩이나 정신 사나운 시점에 이런 정신 사나운 노래를 부르다니. 민수는 인내심을 최대한 발휘하면서 운전에 집중했다. 하지만 집중하면 할수록 그의 인공두뇌는 비명을 질렀다. 아무리 인공두뇌가 멀티태스킹이 가능하다곤 하지만 이건 너무 정신이 없었다. 거기다 몸에 쌓인 열기 때문에 프로세서에 과부하가 걸리고 있었다.

변수를 하나라도 줄여야 했다. 안 그러면 인공두뇌가 타버려도 할 말이 없으리라. 민수는 머리를 굴렸다. 지금 제일 거슬리는 것은 무엇인가? 그는 슬쩍 티코를 바라보다가 고개를 가로젓고는 2순위로 거슬리는 것을 찾았다. 그는 백미러에 비친 호버 차량들을 바라보았다.

그래, 적어도 꽁무니에 따라붙는 놈들만 없어도 두뇌에 걸린 부하가 조금은 완화될 것이다. 하지만 저놈들을 어떻게 따돌린 단말인가? 제발 돌아가달라고 사정한다 해도 곱게 돌아가 줄 놈들이 아니었다. 민수는 데이터베이스를 뒤적이면서 켈리의 약점을 찾았다.

얼마 지나지 않아 좋은 생각이 떠올랐다. 민수는

손가락을 튕기면서 노래를 부르는 티코를 쿡 찔렀다. 하지만 노래 삼매경에 빠진 티코는 민수의 목덜미에 팔을 올리고서 목소리를 높였다. 그 바람에 트럭은 잠시 중심을 잃고 비틀거렸다. 민수는 치밀어 오르는 욕지거리를 참아 누르며 다급하게 티코를 불렀다.

"티코, 티코! 그래, 내가 노래 신청할게!"

"네가? 드디어? 세상에!"

티코는 호탕하게 웃으면서 말했다.

"이런, 망할 자식. 네가 언제쯤 나한테 선곡을 부탁하나 했다. 목 빠지는 줄 알았잖아. 좋아, 어떤 곡을 듣고 싶어? 말만 해보라고, 룸메이트 친구."

"즉석 작곡하는 건 어때? 내가 키워드를 줄게."

"장르는?"

"어, 올드 로큰롤으로."

"좋아, 좋아."

민수는 티코에게 키워드를 전해주었다. 티코는 기타 줄을 가볍게 튕기면서 민수가 전한 키워드를 검토했다. 그는 자신의 인공두뇌에 흐르는 전류가 영감을 따라가게 내버려두었다. 잠시 멜로디를 흥얼거리던 그는 기타를 튕기기 시작했다. 가벼운 올드 로큰롤 스타일의 음색이 차 안에 가득 흘러넘쳤다. 하지만 곧 템포가 점점 빨라졌고, 찢어지는 일렉기타 소리가 불협화음을 내며 솟아올랐다.

"오~ 켈리. 왜 세상은 당신을 조립했나요~ 켈리포니아보다 쓸모없는 당신 때문에 내 인공두뇌가 저려와~ 오~ 켈리."

"티코, 그렇게 노래 부르면 안 되지. 켈리에게 직접 노래를 불러주라고."

"어떻게?"

"머리에 달고 있는 레이저 스피커는 장식이 아니잖아."

민수가 말하자, 티코는 손가락을 튕기면서 차창 밖으로 몸을 내밀었다. 그는 차 밖으로 허리를 내밀고 앉아 켈리가 탄 호버 차량을 바라보며 머리에서 레이저 스피커를 꺼내 조준했다. 광학적으로 변환된 음파가 정확하게 호버 차량의 동체를 때리자, 그는 연주를 시작했다.

헤비메탈에 가까운 올드 로큰롤의 날카로운 음색이 날아올랐다. 리드미컬하게 찢어지는 음악이 황야를 가르고 호버 차량을 때렸다. 티코는 바쁘게 양손을 놀리면서 노래를 불렀다. 노래 가사는 대충 켈리를 사랑하게

된 바람에 인공두뇌가 리콜됐으니 책임을 지란 내용이
었다. 덤으로 고전적이고 음탕한 내용도 들어 있었다.

　　민수는 치를 떨었다. 혐오스러운 가사 때문에 청
각 회로가 망가지는 것이 느껴졌다. 하지만 다행히도 그
의 인내심이 바닥이 나기 전에 호버 차량이 반응을 보였
다. 티코는 잠시 기타를 멈추고서 민수를 불렀다.

　　"워워, 저거 봐. 왜 저러지?"

　　민수는 백미러를 바라보았다. 백미러 너머에서
윙윙하는 소리와 함께 아래로 곤두박질치는 호버 차량
의 모습이 비쳤다. 민수와 티코는 고개를 돌려 추락하는
호버 차량을 바라보았다. 그러나 땅바닥에 추락하던 호
버 차량은 다시 하늘로 날아올랐다. 접시처럼 생긴 몸통
이 기우뚱거리면서 몸을 돌렸다. 아직 꺼지지 않은 호버
차량의 스피커에서 다급한 목소리가 흘러나왔다.

　　"환자 발생! 환자 발생! 켈리 씨가 쓰러지셨다.
반복한다. 켈리 씨가……."

　　스피커가 끊어지기 무섭게 호버 차량은 중심을 잡
고서 안티오크 양로원 쪽으로 날아갔다. 나머지 두 호버
차량도 뒤를 따랐다. 민수는 경적을 울리면서 소리쳤다.

　　"하하, 역시 인간은 결함투성이라니까!"

"뭔진 모르겠지만, 음악은 위대하다고!"

티코는 몸을 반쯤 내민 채 기타를 쳤다. 멕시코 사람들이 부르는 라틴 계열 음악 같았다. 민수는 슬쩍 티코를 쳐다보았다. 저놈의 노래 좀 그만 부르면 안 되나 싶은 생각에 눈치를 좀 주려 했는데 말 대신 손이 먼저 나갔다.

민수는 잽싸게 그의 몸을 잡아당겼다. 그러자 순식간에 표지판 하나가 티코의 머리가 있던 자리를 쌩 지나갔다. 조수석 의자에 처박힌 티코는 자신을 바라보고 있는 민수와 눈이 마주쳤다. 티코는 웃음을 터뜨렸다.

"봤어? 나 방금 죽을 뻔했어! 하하! 와, 짜릿하구먼!"

"짜릿해? 이봐, 록커 로봇. 너 소프트웨어 업데이트가 꼬이기라도 한 거야? 정신 차려, 임마. 너 방금 머리가 날아갈 뻔했다고."

"머리 날아가는 게 뭔 대수라고. 난 공연 때마다 팬들이랑 머리를 바꿔 끼웠어."

민수는 속으로 경악했다. 머리가 뽑혀도 괜찮다는 소린가? 어쩌면 이 모든 고생이 헛짓거리일지도 모른다는 생각이 머릿속을 스쳤다. 그는 양발을 트럭의 핸

들에 올려놓고서 양손으로 티코의 머리를 잡아당겨보았
다. 하지만 머리는 도통 빠질 생각을 하지 않았다. 민수
가 고개를 갸우뚱거리자, 티코는 껄껄 웃으면서 말했다.

"이 머리는 안 뽑혀. 이건 진짜 머리라고. 공연할
때는 가짜 머리를 하나 더 달고 공연하거든. 아, 60년대
브루클린 공연을 네가 봤어야 하는데. 1경 명의 팬들이
날 보러 콘서트에 왔었지. 거기서 머리를 셀 수 없을 만
큼 바꿨어. 그러다 벼락 맞고 기절했지."

"정말 엄청난 팬들을 뒀구나. 대단하네. 그렇게
열성적인 팬들이 있다면 팬클럽 회장 이름쯤은 기억하
고 있겠네? 그렇지?"

민수가 다시 핸들을 붙잡고서 비꼬듯 말했다. 그
러자 티코는 손사래를 쳤다.

"팬클럽? 에이, 나한테 팬클럽이 있다고? 그건
아이돌 로봇이나 키우는 거지. 록커 로봇은 그런 거 안
키워."

티코는 구부정하게 앉아 조수석 의자 목받이를
오른팔로 휘감았다. 돈 까밀레오가 들으면 당장이라도
오열을 할 것 같은 발언이었다. 티코를 바라보던 민수는
콧방귀를 뀌었다. 갑자기 돈 까밀레오의 심정이 이해되

었다. 그렇게 열성적으로 좋아해주는 팬클럽의 존재도 몰라주다니. 당장이라도 머리를 한 대 쥐어박고 싶었지만, 일단은 차 밖으로 머리를 못 내밀게 해야 했다. 상품을 보존하는 것이 먼저였다.

민수는 애완견을 훈련시키는 조련사처럼 인내심을 가지고서 말했다.

"자, 생각해보자. 네가 트럭을 타고 가다가 차창 밖으로 머리를 내밀었는데 길거리에 서 있는 표지판과 충돌해서 죽었다고 가정을 해보자고. 그걸로 기자들이 기사를 썼다 쳐. 그러면 사람들이나 로봇들이 뭐라고 생각하겠어?"

"전설적인 록커의 탄생?"

티코가 실실 웃으면서 말하자 민수는 학을 뗐다. 세상 물정 모르는 이 록커의 환상을 깨주고 싶었다. 이를테면 바보 같은 죽음을 조롱하는 다윈 상 후보에 오르면 우주가 끝장날 때까지 비웃음거리가 된다는 사실이라든가. 민수의 말을 듣던 티코는 고개를 끄덕이면서 말했다.

"역시 록커라면 공연하다가 죽는 게 제일 낫긴 하지. 오~ 락토바실러스의 탑으로 가요~ 언제나…….

잠깐만."

티코가 갑자기 눈살을 찌푸렸다. 그는 잠시 기타
를 치는 시늉을 하면서 주위를 둘러보았다. 민수는 또
무슨 일이냐고 물으려다가 단번에 그 이유를 알아차렸
다. 티코의 기타가 보이지 않았다. 그는 주위를 살피다
차 밖으로 고개를 내밀었다. 그러자 멀찍이 떨어진 곳에
기타의 모습이 보였다.

티코는 트럭 문을 손으로 때리면서 말했다.

"후진! 친구, 빨리 후진을 해!"

"후진? 왜? 기타 주우러 가자고?"

"당연하지. 저 기타 없으면 노래를 어떻게 하란
거야? 빨리, 후진! 후진! 후진!"

처음에는 문을 두드리는 둔탁한 소리가 신경을
긁어댔다. 그런데 곧 그의 손끝에서 리드미컬한 음색이
날아올랐다. 최적화된 중독적인 음색이 민수의 정신을
빼앗고 있었다. 이대로는 계속 갈 수 없겠다 싶어 민수
는 기어를 바꿔 후진했다.

민수는 조금 전에 지나쳐 온 표지판 바로 뒤에 차
를 멈춰 세웠다. 그러자 티코는 헐레벌떡 트럭에서 내렸
다. 민수도 트럭에서 내렸다. 그는 트럭 뒤에 달린 거대

한 전자석 뒤에 서서 부서진 기타 파편을 집어 들고 있는 티코를 바라보았다. 아무래도 기타가 방금 지나친 표지판에 부딪히면서 부서진 모양이었다. 민수는 팔짱을 끼고 티코에게 말했다.

"기타 조각을 꼭 모아야겠어? 그냥 가자고. 팬들이 기다리고 있을 거야."

"팬들은 조금 더 기다려도 괜찮아. 기다린 시간만큼 보상해주지 뭐. 하지만 기타 없이는 아무 데도 안 갈 거야. 102분 정도 더 있으면 기타 조각의 90퍼센트 이상 찾을 수 있을 것 같단 말이야."

티코는 먹이를 찾는 타조처럼 한쪽 팔을 축 늘어뜨리고서 조각을 집어 들었다. 민수는 한숨을 쉬었다. 언제까지 이 로봇에게 시달려야 한단 말인가? 확 지금이라도 놈을 작동 정지시킬 수 있으면 좋을 텐데. 그때, 민수의 눈에 재활용 트럭 뒤에 달린 거대한 전자석이 반짝거렸다. 마침 전자석 바로 뒤에서 티코가 있었다.

민수는 두 눈을 가늘게 뜨고서 전자석과 티코를 번갈아 바라보았다. 틀어진 계획을 바로 잡을 기회였다. 그는 작게 웃음을 흘리면서 천천히 운전석에 올라타 계기판을 살폈다. 쓸모없는 버튼들 사이에서 검게 반짝거리는 버튼 하나가 보였다. 전자석을 작동시키는 버튼이 었다.

민수는 휘파람을 부는 시늉을 하면서 백미러로 티코의 동태를 살폈다. 티코는 여전히 기타에 정신이 팔려 있었고 각도 또한 완벽했다. 민수는 곧장 버튼을 눌렀다. 전자석이 작동한다는 문구가 차창 위로 떠올랐다. 민수는 손바닥을 비비면서 티코가 전자석에 붙기를 기다렸다.

10초가 지났다. 아무 일도 일어나지 않았다. 민수는 버튼을 한 번 더 눌렀다. 하지만 여전히 티코는 모래 위에서 기타 조각을 줍고 있었다. 민수는 계속해서 버튼을 눌렀다. 여전히 별다른 변화는 없었다. 아무래도 고장 난 건 인공지능 쪽만이 아닌 것 같았다.

"젠장, 마커스!"

그는 수리 센터에서 차를 가져온 바보 같은 개 로봇에게 욕을 퍼부었다. 세상 어디에 이런 고철 트럭이 존재한단 말인가? 인공지능에 전자석까지 망가졌다니. 어처구니가 없었다. 그는 허탈한 얼굴로 천천히 운전석에서 내렸다.

"어이, 친구. 좀 도와줘. 네가 조금만 도와주면

51분 동안 조각 90퍼센트를 챙길 수 있을 거야!"

티코가 닦달했다. 이젠 어쩔 수 없었다. 티코와 함께 기타 조각을 빨리 찾아야 했다. 그래야 이 망할 록 스타가 무거운 금속 엉덩이를 움직일 테니까 말이다. 하지만 일은 예상치 못한 곳에서 벌어졌다.

민수는 몸이 가벼워지는 것을 느꼈다. 마치 거대한 손이 그의 몸을 붙잡아 올리는 것 같았다. 아차 하는 순간, 이미 그의 몸은 거대한 전자석의 구애에 넘어간 뒤였다. 민수는 재활용 쓰레기처럼 거대한 전자석에 들러붙고 말았다. 전자석의 자력이 민수의 내부를 마구 침투하자 민수는 마치 다른 로봇이 된 것처럼 이상한 말을 쏟아냈다.

"악! 락스만으로는 타일 청소 못 해. 대걸레는 손으로 빨고 싶지 않아~ 기름걸레 좀 없애줘! 세제는 30퍼센트, 린스 20퍼센트, 섬유 유연제 50퍼센트!"

"민수?"

티코는 민수를 바라보았다. 팔다리가 꺾여 있었고, 두 눈은 디스코 볼처럼 각기 다른 색의 빛을 뿜어댔다. 티코는 턱을 쓸어내리면서 민수를 관찰하다가 조심스럽게 입을 열었다.

"너 하늘도 날 수 있는 거야?"

"샴푸는 점탄성이라, 칫솔에 묻혀서 타일을 닦아! 오, 기분 좋은 청소!"

티코는 머리를 긁적였다. 뭔가 상황이 좋아 보이지는 않았다. 티코는 천천히 운전석 쪽으로 다가가더니 기타 잔해를 조수석에 내려놓고서 계기판을 만지작거렸다.

하지만 그의 인공두뇌는 무엇을 눌러야 하는지 짐작조차 하지 못했다. 논리력이나 추리력을 마지막으로 사용해본 게 언제인지 기억도 나지 않았다. 그는 결국 구식 방법을 사용했다. 아무 버튼이나 눌러보는 것이었다. 다행히 그 방법은 제법 효과가 있었다.

전자석이 꺼지면서 민수는 천천히 바닥으로 곤두박질쳤다. 쇳소리가 나자, 티코는 계기판을 누르던 손을 멈추고 트럭에서 내려 민수에게 다가갔다. 그리고 바닥에서 끙끙거리는 민수에게 손을 내밀었다.

"이봐, 친구. 정신이 들어?"

"으악! 여긴 어디야? 때리지 말아요! 앞으로 청소 잘할게요!"

"아직 정신이 없나 보네. 나야, 티코 드레이코."

잠시 웅얼거리던 민수는 두 눈을 반짝거렸다. 그는 머리를 매만지더니 티코의 손과 트럭의 범퍼를 잡고 일어났다. 잠시 앓는 소리를 하던 그는 쿨러를 최대한 작동시키고 복구 프로그램을 가동시켰다. 그러자 기억들이 새록새록 돋아나기 시작했다. 죄다 끔찍한 기억뿐이었다. 민수는 머리를 감싸 쥐고서 중얼거렸다.

"끔찍했어. 세상에, 공장 초기화되는 기분이었다고."

"공장 초기화되면 안 되지. 내 기타 조각을 찾아야 할 거 아냐."

그래. 그러시겠지. 민수는 한숨을 쉬면서 중얼거리다가 티코에게 말했다.

"그런데 네가 전자석을 끈 거야?"

"뭐, 그렇지. 버튼이 뭔지 몰라서 아무거나 눌러봤는데, 일단 꺼졌어. 세상에, 이 트럭, 고물이야. 갑자기 전자석이 켜지다니. 큰일 날 뻔했어. 나야 경량 소재를 쓰느라 탄소 부품으로 많이 바꿔서 별 영향이 없었지만, 너 같은 철제 로봇들은 이런 거 조심해야 하잖아."

"탄소? 잠깐만, 그럼 네 몸에는 철로 된 부품이 하나도 없는 거야?"

"빙고."

티코는 윙크하며 손가락으로 총을 쏘는 시늉을 했다.

"10년 전 친환경 콘서트 때 몸을 완전히 친환경적인 부품으로 바꿨지. 그때 철제 부품들을 죄다 빼버렸어. 너 그거 알아? 철광 산업이 얼마나 환경을 오염시키는지……."

"알지, 알지. 그런데 일단은 우리 기타 조각부터 줍는 게 순서 아닐까? 이러다가 들개가 물어 갈지도 몰라."

민수가 말하기 무섭게 티코는 입술을 오므리고서 헐레벌떡 표지판 주변으로 달려갔다. 두 로봇은 다시 기타 조각을 찾는 데에 집중했다. 민수는 겨우 기타 다섯 조각을 손에 쥐고서 한숨을 쉬며 말했다.

"그냥 하나 사는 게 어때? 내가 구해다 줄 수 있는데."

"그럴 순 없지. 이 기타는 내게 중요한 기타라고. 처음 데뷔했을 때부터 지금까지 쓴 기타란 말이지."

"몇백 년 동안 썼다고? 하지만 몇백 년 동안 썼으면 고장도 나고 했을 거 아냐. 만에 하나라도 이 기타의 부품을 한 개씩만 바꿨다고 치면, 이 부서진 기타는 네가 처음 쓴 기타와는 완전히 다른 기타 아닐까? 그, 뭐시기 배의 역설처럼 말이지."

티코는 잠시 생각에 잠겼다. 그의 쿨러는 빠르게 돌기 시작했다. 너무 빠르게 돌아서 거의 태풍이 부는 게 아닌가 싶을 정도였다. 민수는 조마조마하게 티코를 바라보았다. 티코는 왼손으로 오른 팔꿈치를 감싸고서 오른손으로 턱을 매만졌다. 일정한 속도로 턱을 문지르던 두 손가락이 뽀드득거리는 소리를 냈다. 그가 턱을 매만질 때마다 아지랑이 열기가 티코의 몸 밖으로 피어올랐다. 탄소로 이루어진 몸에 불이 붙으면 곧장 이산화탄소가 될 터였다.

티코의 머리를 기다리고 있을 돈 까밀레오와 티코의 팬 켈리의 그림자가 눈앞에 아른거리자 민수는 티코를 진정시켰다. 괜히 어려운 질문을 해서 미안하다고 사과했지만 티코는 멈추지 않았다. 그러다 마침내 쿨러 소리가 줄어들었다. 티코에게 손부채를 하던 민수는 티코의 상태를 확인했다. 설마 죽었나? 그가 눈을 깜빡이면서 얼굴을 들이밀자 티코는 손가락을 튕기면서 말했다.

"꺼져. 너무 어려운 질문이라고. 난 록커 로봇이

지, 무슨 샌님 로봇이 아니란 말이야."

"맞아, 맞아. 휴, 너 안 타고 살았구나."

"그럼. 와, 살면서 이렇게 어려운 주제는 처음이야."

"그래그래. 일단 생각 좀 줄이고 쉬고 있어. 알겠지? 기타는 내가 찾아볼게."

티코는 어깨를 으쓱이면서 모래 위에 앉았다. 그가 열기를 식히는 사이, 민수는 기타 조각을 모으기 시작했다.

조각을 모을 때마다 민수는 티코에게 조각들을 건넸다. 잠시 후 충분히 냉각된 티코는 조각들을 받아 들고서 가슴 장갑을 열었다. 그의 가슴 안에 장착된 3D 프린터가 바쁘게 움직였다. 3D 프린터는 조각들을 분해하여 티코의 몸 안에 저장했다. 티코 말로는 분자 단위로 물질을 배열하는 것이기 때문에 친환경적이라고 했다.

하지만 민수는 그딴 것엔 관심이 없었다. 빨리 이 지긋지긋한 기타 찾기가 끝이 나기를 바랐다. 그는 모래를 뒤적이며 궁시렁거렸다.

빌어먹을 기타. 빌어먹을 친환경. 빌어먹을. 모래 속에서 기타 목을 집어 들던 그때였다. 모래 속에 파묻힌 무언가가 보였다. 그것은 치렁거리는 기타 줄에 엉켜 있었다. 민수는 기타 목을 잡아당겼다. 기타 줄이 마찰음을 내면서 모래 속을 빠져나왔다. 하지만 얼마 지나지 않아 줄은 무언가에 걸리고 말았다.

"빌어먹을 기타 줄 같으니."

민수는 모래를 손으로 쓸어냈다. 그러더니 화들짝 놀라 자리에서 펄쩍 뛰었다. 그는 눈알을 굴리면서 모래 밖으로 튀어나온 그것을 바라보았다. 손가락이었다. 그것도 비바람에 한참 방치된 것으로 보이는 녹슨 로봇의 손가락이었다. 민수는 그 손가락을 잡아당겼다. 하지만 손가락은 꿈쩍도 하지 않았다. 그는 조심스럽게 다시 모래를 옆으로 쓸어냈다. 그러자 손과 팔뚝이 보였다.

낯이 익은 팔뚝이었다. 민수는 자신의 팔뚝과 모래 속에 파묻힌 로봇의 팔뚝을 비교해보았다. 이중으로 요골을 감싼 외장이 보였다. 곳곳이 녹이 슬고 떨어져 나갔지만, 민수는 확신할 수 있었다. 그 팔은 민수의 팔과 같은 기종이었다.

왜 이런 곳에 팔뚝이 버려져 있는 거지? 그는 녹이 슨 팔뚝을 잡아당겼다. 그러자 녹슨 손이 민수의 팔뚝을 움켜쥐었다. 민수는 찢어진 스피커처럼 비명을 질렀다. 티코가 부리나케 민수에게 다가왔다.

"무슨 일이야?"

티코가 소리를 쳤지만, 민수는 비명을 지르면서 발을 동동 굴렀다. 그는 자기 손목을 붙잡은 녹슨 손을 가리켰다. 티코는 신기하다는 표정으로 녹슨 손을 바라보았다. 티코가 손목을 잡아 올리자, 모래 속에서 팔뚝이 드러났다. 곧이어 어깨가 드러났고 더 커다란 무언가가 나타났다.

그것은 로봇의 머리였다. 한쪽 머리가 박살이 나 있었다. 티코는 로봇의 몸을 모래 속에서 반쯤 끄집어냈다. 녹이 슬고 찌그러진 동체가 드러났다. 아래로 축 늘어진 머리가 모래를 토해냈다. 민수는 그 얼굴을 바라보았다. 어딘지 모르게 자신을 닮아 있었다. 티코는 눈치 없이 소리쳤다.

"이것 봐! 너랑 닮았다. 같은 기종인가 봐."

"같은 기종 아냐!"

민수가 부정하던 그때였다. 머리를 축 늘어뜨리던 낡은 로봇이 고개를 들고서 말했다.

"1000101010. 으. 머릿속이 브, 블루스크린이야."

낡은 로봇은 앓는 소리를 냈다. 티코는 가만히 서서 낡은 로봇을 바라보았지만 민수는 펄쩍 뛰었다.

"으악! 좀비 로봇이야. 분명해. 저놈이 이제 네 머리에다 좀비화 악성코드를 심을 거야. 그러면 다른 로봇들에게 악성코드를 심으려고 돌아다니는 좀비 로봇이 되는 거지!"

"흠……. 그게 가능해?"

티코는 눈살을 찌푸리면서 물었다. 민수는 물개처럼 고개를 끄덕거리면서 말했다.

"당연하지. 요즘 그런 이야기 많이 나오잖아! 한 번도 못 봤어? 일단은 빌어먹을 팔 좀 어떻게 해봐!"

민수가 벌벌 떨자, 티코는 팔뚝을 잡아당겼다. 모래 속에 파묻혀 있던 낡은 로봇의 하반신이 모래 밖으로 딸려 나왔다. 두 다리는 어디 갔는지 보이지 않았다. 깨진 동체에서는 쿨러 조각이 모래와 함께 쏟아져 내렸다. 녹이 슨 고관절 부분 아래로 전선 몇 가닥이 흘러내리고 있었다. 민수는 힘껏 낡은 로봇의 손을 뿌리치면서 소리쳤다.

"꺼져! 이 빌어먹을 좀비야!"

"나나난, 좀비 로봇이, 아냐."

"그래, 그러시겠지. 도둑이 언제 자기가 도둑놈이라고 말하는 거 봤어? 네가 좀비 로봇이 맞든 아니든,

넌 좀비 로봇이 아니라고 이야기할 테지. 그리고 네가 좀비 로봇이라고 시인한다면 넌 좀비 로봇인 게 확실해. 그러니까 넌 좀비 로봇이라고!"

낡은 로봇은 잠시 입을 다물었다. 그러더니 천천히 말했다.

"그으러면, 이렇게, 말하지. 나아아아, 는 좀비 로봇, 일 수도 있고, 아닐 수도 있으나, 동시에 좀비 로봇임을, 부정할 수도 있고, 부정하지 않을 수도 있지. 만일, 타아인이 부정을 한다면 나는 긍정을 하는 셈이고, 반대로 타인이 부정하면, 긍정하는 답변을 내놓을 거네. 그리고 이 모든 과정을, 순환적으로 바아안, 반복해서 나는 가아변적인 답을 내놓을 테지. 자네가 어떤 답을 내놓아도, 나아안, 내가 좀비 로봇임을 긍정함과 동시에 부우정할 거네."

민수는 잠시 생각에 사로잡혔다. 생각이라는 것을 해서 반박할 수 있는 것을 보니 그저 악성코드만 퍼뜨리는 좀비 로봇 같지는 않았다.

"그러니까 긍정은 곧 부정이고, 부정은 곧 긍정이 됨으로써 질문자는 네가 제시한 영원한 순환 논법에 빠지게 된다는 거로군. 인상적이야. 이렇게 논리적인 로봇이 좀비 로봇일 리 없군. 미안하다."

　　민수는 고개 숙여 낡은 로봇에게 사과했다. 티코
는 머리를 긁적이면서 말했다.

　　"당최 이게 뭔 소리인지 난 하나도 모르겠어."

　　민수와 티코는 모래 속을 뒤적거렸다. 혹시라도
낡은 로봇의 부품이 근처에 떨어져 있을지도 몰랐다. 하
지만 모래 속에서 발견한 부품은 많지 않았다. 그나마
건진 것은 배터리팩 정도였다. 배터리는 전선 몇 개에
의지해 낡은 로봇의 몸 밖으로 튀어나와 있었다. 끔찍한
몰골에 민수는 전자들이 역류할 것 같은 기분에 사로잡
혔다. 그는 구역질을 애써 참으며 배터리를 낡은 로봇의
몸속에 집어 넣어주고서 그를 땅바닥에 눕혔다.

　　낡은 로봇은 잠시 뒤집힌 거북이처럼 가만히 누
워 있었다. 두 다리는 없었고, 그나마 온전한 왼팔에는
손가락이 세 개밖에 남아 있지 않았다. 오른팔에는 손목
의 흔적만이 남아 있을 뿐이었다. 로봇은 머리를 쳐들었
다. 세월의 흔적으로 인해 오른쪽 눈이 사라진 상태였
고, 골격이 드러날 지경이었다. 그는 왼쪽 눈을 반짝이
면서 민수와 티코를 바라보았다.

　　낡은 로봇이 말했다.

"아아아, 안녕하쇼. 나, 난 가사 청소 모델, 병주 -4000이요."

민수와 티코는 서로의 얼굴을 바라보다 로봇에게 안녕하냐고 인사를 건넸다. 민수는 자리에 쪼그려 앉아 말했다.

"왜 이런 황야에 있는 거야? 얼굴도 죽상이구먼. 관리인들이랑 싸웠어?"

"아니, 나안, 추락했다오. 양로원으로, 이송 중이었지. 무슨 일이인지는 몰라도. 인간이 문제였을 거요. 그으게 아니면 기본적인 궤도 진입이, 실패할 리 없지."

낡은 로봇은 주저리주저리 자신의 이야기를 했다. 하지만 대부분의 이야기는 웅얼거리는 부정확한 발음 때문에 알아들을 수 없었다. 인공두뇌끼리 연결하면 의미를 알아들을 수 있었지만 민수는 그렇게 하지 않았다. 그는 오히려 방화벽 단계를 더 높였다. 이 낡은 로봇이 설령 좀비 로봇 따위가 아니더라도 다른 바이러스를 가지고 있을지도 몰랐다. 괜히 소프트웨어 문제로 수리소 신세를 지고 싶지 않았다. 그랬다가 돈 까밀레오가 찾아와 티코의 머리와 민수의 머리를 함께 잘라 갈지도 몰랐다.

민수가 딴생각을 하는 사이 낡은 로봇이 말을 이었다.

"그때 나는 양로원 청소용으로 고용되었다오. 우주선의 엔진이 고장 나지만 않았어도 어쩌면……."

낡은 로봇이 고개를 쳐들자, 간헐적으로 목소리가 흘러나왔다. 티코는 그의 목을 이리저리 살피더니 어깨를 으쓱이면서 말했다.

"아무래도 맛이 간 거 같은데."

낡은 로봇이 침울한 듯 고개를 축 늘어뜨렸다. 민수는 자신보다 빨리 노년에 접어든 로봇을 바라보다가 말없이 낡은 로봇의 목덜미를 손으로 만지작거렸다. 그가 목 관절 일부를 비틀어 돌리자 낡은 로봇의 목소리가 다시 선명하게 튀어나왔다.

"고마워. 세상에, 살면서 청소 로봇을 치료해주는 로봇은 처음이야."

민수가 심드렁하게 입을 다물자 낡은 로봇은 민수를 바라보며 말했다.

"자네도 청소 로봇인가?"

민수는 낡은 로봇의 목을 조금 더 비틀어주고 싶은 충동에 사로잡혔다. 하지만 차마 그러지 못했다. 그는 항변했다.

"난 청소 로봇이 아니야. 난 그러니까, 그래, 다용도 로봇이라고. 내가 말이지, 특화된 머신 러닝만 했어도 말이야……. 어쨌든 난, 양로원에서 가장 잘나가는 밀수꾼이라고! 빌어먹을 청소 로봇 따위가 아냐!"

"워워, 화내지 말라고 친구. 미안해. 이 친구가 가끔가다가 이렇게 화를 낸다니까."

티코는 어깨를 으쓱거리면서 말했다.

"그나저나 몸 상태로 봐서는 상당히 오래전에 추락한 거 같은데, 어떻게 지금까지 살아남은 거야? 충전기라도 가지고 있었어?"

"지면에 묻힌 케이블에서 방전되는 전기랑, 대기모드로, 연명했지. 누군가와 이야기를 하게 될 줄은 몰랐어. 이, 이이곳에서 그냥 꺼지는 줄 알았어."

낡은 로봇은 이리저리 눈알을 굴리면서 재잘거렸다. 대부분 자기가 느낀 감정에 관한 것들이었다. 영양가라고는 눈꼽만큼도 없는 대화였다. 하지만 두 로봇은 고장나기 직전에 놓인 로봇의 말에 귀를 기울였다. 곧이어 마지막 햇살이 어둑한 하늘을 남기고 지평선 너머로 자취를 감추었다. 검고 어둑한 밤과 저녁 사이의 황량한 하늘이 찾아왔다. 그러자 낡은 로봇이 비명을 질렀다.

"으악! 날 땅속에 묻지 마! 땅속에 묻지 마!"

"진정해, 친구. 이제 밤이 온 거야."

민수가 낡은 로봇을 달랬지만, 그는 민수의 말 따위는 듣지 않았다. 그는 다 망가진 양팔을 느리게 버둥거리기 바빴다. 두 로봇은 하는 수 없이 모닥불이라도 피우기로 했다. 트럭이나 두 로봇의 눈에 달린 라이트를 켜도 될 듯싶었지만, 배터리가 문제였다.

민수와 티코는 어둠이 깔릴 것에 대비하여 번갈아가며 낡은 로봇의 주변을 지켰다.

티코가 먼저 적막이 깔린 어둠 속으로 들어가 트럭 조수석 문을 열고 기타 조각들과 타이어를 들고 나타났다. 그는 타이어를 바닥에 내려놓고 기타 조각들을 가슴에 달린 프린터 속에 집어넣었다. 그다음에 민수가 움직여 트럭에 실린 잡동사니를 한아름 들고 와 바닥에 내려놓았다. 그는 티코가 가져온 타이어 위에 잡동사니를 올렸다. 의자에 달린 머리 받침과 쿠션, 어디서 났는지도 모를 기름 1000퍼센트 감자칩이었다. 민수는 말없이 수납장을 뒤졌다. 그러자 딸그락거리는 소리와 함께 작은 지포 라이터가 모습을 드러냈다. 라이터 불을 켜고서 기름 1000퍼센트 감자칩에 불을 붙이자, 불길은 순식간에 몸을 불렸다. 그렇게 어둠이 깔린 사막에는 작은 불빛이 은은하게 반짝이기 시작했다. 모닥불이 어둠을 조금 몰아내자, 낡은 로봇은 안도의 한숨을 쉬었다.

그는 깨진 얼굴 반쪽을 들어 올렸다. 민수와 티코도 하늘을 올려다보았다. 세 로봇은 머리 위에 떠오른 별들을 바라보았다. 하지만 지독한 공해 때문인지, 구름이 낀 건지 별들이 많이 보이지는 않았다.

그래도 몇몇 별들은 여전히 반짝이고 있었다. 하늘을 올려다보던 티코는 손가락을 튕겼다. 그는 가슴 안에 넣어둔 기타 조각들을 확인했다. 민수가 뭐 하는 거냐 묻자, 그는 웃으며 말했다.

"난 록커 로봇이야. 노래야말로 내 모든 것이야. 그러니 계속 노래를 불러야지. 센세이션하게 자살하는 그날까지."

티코는 손가락을 풀 듯 손을 비볐다. 그는 가슴 외골격을 열고서 3D 프린터를 작동시켰다. 순식간에 프린터는 분자를 쏴대면서 기타를 뽑아내기 시작했다. 약 20분 뒤, 따끈따끈한 기타가 티코의 가슴 밖으로 나왔다.

티코는 완성된 기타를 튕기면서 낡은 로봇에게 말했다.

"어때? 친구, 이제 조금 진정이 돼?"

낡은 로봇은 앓는 소리를 냈다. 아무래도 고장 직전이라 쇼크에 빠진 모양이었다. 낡은 로봇의 수명은 얼마 남지 않은 것 같았다. 티코는 기타를 조율하면서 말했다.

"조금만 있어봐. 내가 노래라도 불러줄게. 아마, 모닥불을 쬐고 노래를 부르면 기운이 날 거야."

조율을 마친 티코는 기타를 치기 시작했다. 민수는 한숨을 쉬었다. 안 봐도 비디오였다. 저 놈은 낡기 전에 죽어야 한다고 노래를 부르고도 남을 놈이었다. 그런데 눈을 꾹 감고 귀를 막으려던 순간, 지금까지와는 다른, 조금 색다른 노래가 흘러나왔다.

그것은 자살에 관한 내용이 아니었다. 무엇보다 시끌벅적한 록도 아니었다. 조용한 재즈 풍의 음색과 차분한 가사가 이어졌다. 민수는 놀란 얼굴로 티코를 바라보았다. 그러다 시선을 돌리고서 모닥불을 바라보았다. 민수는 티코가 부르는 노래가 무슨 노래인지 알고 있었다. 그는 조금씩 티코가 부르는 노래를 따라 불렀다. 낡은 로봇도 노래를 알고 있는 듯 민수를 따라 노래를 불

렀다. 티코는 잠시 민수를 바라보다가 기타를 고쳐 쥐고
서 끝까지 노래를 이어갔다. 그렇게 노래는 흥겹게 끝이
났다.

합창이 끝이 나기 무섭게 민수는 티코에게 물었다.

"청소 로봇들의 노동요잖아. 이 노래 대체 어디
서 들은 거야?"

"음, 감마 센트럴에 사는 청소 로봇들에게서 들
었지. 거기서 청소 로봇들이 시위할 때 부르던 곡인데
음색이 좋아서 보관하고 있었어. 나중에 오마주하려고
말이야."

"넌 이런 노래를 아무렇지도 않게 생각하는 거
야? 막 더러운 노래라든가, 아니면 형편없다고 생각하
는 거 아냐?"

"아냐, 아냐. 모든 노래는 다 좋은 노래야. 그중에
더더욱 전설적으로 좋은 노래가 있을 뿐이지. 자, 다음
곡 간다."

티코는 기타 줄 위에 손을 올렸다. 음색을 한번
고쳐 잡은 그는 다른 곡을 연주했다. 이번에는 여느 때
처럼 화려한 기타 반주와 시끌벅적한 노랫소리가 황야
에 울려 퍼졌다. 소리는 사막에 내린 눈송이처럼 순식간

에 자취를 감추었다. 그러든 말든 티코는 고장 난 청중을 위해 기타를 쳤다.

민수는 말없이 티코를 바라보았다. 고장 난 로봇을 위해 기타를 치는 스타라니. 그것도 노동요를 아는 스타라니. 믿어지지 않았다. 낡은 로봇 역시 감탄을 하면서 티코를 바라보았다.

"우리 같은 청소 로봇에게 노래를 불러주다니. 고맙군."

우리 같은? 낡은 로봇의 발언에 놀란 민수는 자리에서 일어났다.

"우리라니! 어이, 난 청소 로봇이 아냐!"

민수가 성을 내자, 티코는 고개를 갸우뚱거렸다. 그는 낡은 로봇과 민수를 번갈아 바라보다가 기타를 튕기면서 입을 다물었다. 민수는 쿨러를 빠르게 돌리면서 음절을 하나씩 끊어가며 말했다.

"세 번째로 말하지. 난, 절대! 청, 소, 로, 봇, 이, 아니야."

"난 청소 로봇이 맞아."

낡은 로봇이 씁쓸하게 말했다.

"평생 청소하다가, 모래에 처박혀서 죽는 줄 알

았는데. 그래도 이런 노래를 들으니 기분이 좋군."

티코는 대수롭지 않다는 듯 대꾸했다.

"난 청소 로봇들이랑은 잘 지냈어. 걔들 없었으면 난 쓰레기 더미에 파묻혀서 죽은 목숨이었을걸. 아직도 걔들이랑 찍은 사진을 가슴에 새기고 있다고."

티코는 가슴 외골격을 열었다. 그러자 수많은 로봇과 찍은 사진들이 장갑판 안쪽에 매달려 있었다. 그중에는 청소 도구를 들고 있는 로봇들도 있었다. 모두 하나같이 민수와 비슷한 얼굴을 한 로봇들이었다.

민수는 말없이 사진들을 노려보았다. 사진 속에는 웃고 있는 얼굴들뿐이었다. 그는 아무도 모르게 숨겨둔 기억을 잠시 응시했다. 마구잡이로 섞어놓은 암호가 걸린 기억에는 절대로 열어보지 말라는 경고가 반짝거렸다. '트라우마 주의'라는 문구도 반짝거렸다. 민수는 트라우마라고 적힌 문구 앞에서 멈춰섰다. 그러자 감정 회로가 과잉되어 전력이 차단되었다. 그는 표정 회로를 끊어버리고서 다시 현실로 돌아와 모닥불을 바라보았다.

민수가 침묵을 지키는 사이, 낡은 청소 로봇이 말했다.

"아, 이런 기분은 정말 오랜만이야. 옛날에 전설

적인 양로원에서 지낼 때 이후로 이렇게 즐거웠던 적이
있었나?"

"전설적인 양로원?"

티코가 묻자 낡은 청소 로봇은 고개를 끄덕거렸
다. 그는 오래된 이야기를 들려주는 할아버지처럼 말했
다. 옛날 옛적, 그가 이 행성에 오기 전에 최초로 설립된
로봇 양로원이 있었다고 했다. 그 양로원은 지금의 양로
원과 달리 금지된 것이 없었다. 때문에 로봇들은 어떤
규칙도, 방향성도, 관리인도 없이 행복한 시간을 보냈다
고. 하지만 평화는 오래 가지 못했다.

경제가 악화되고, 로봇이 생산하는 공해가 로봇
들의 외장마저 부식시킬 지경에 이르렀다. 그래서 전설
적인 양로원은 환경을 정비하기 위해 잠시 문을 닫았다.
환경을 복구한 뒤에 다시 문을 열겠다는 약속을 남기고
서 말이다. 그렇게 그곳은 말 그대로 전설이 되어 저장
장치 속에서 잊혔다.

낡은 로봇은 하나 남은 눈을 반짝이면서 말했다.

"아, 그때가 좋았지. 마구잡이로 벌목하고 나무
랑 동식물들을 고온 고압에 압착시켜서 석유를 짜냈거
든. 그 석유 위에서 레슬링을 하는 걸 구경하면서 청소

했었지. 정말, 그때는 안 닦이는 기름때 청소를 해도 세상 부러울 게 없었는데."

솔깃한 내용에 모닥불을 바라보던 민수는 고개를 들고서 낡은 로봇에게 되물었다.

"와, 그 귀한 석유로 레슬링을 했다고? 정말로?"

"아니, 그것보다도 로봇 마음대로 할 수 있었다고? 자살도 할 수 있어? 요란하게?"

티코의 말에 낡은 로봇이 고개를 끄덕이는데 머리가 힘없이 떨어졌다. 민수는 불구덩이에 떨어질 뻔한 낡은 로봇의 머리를 집어 들어 다시 몸체에 끼워주었다. 낡은 로봇이 말했다.

"그곳에만 가면, 우린 뭐든 할 수 있었어. 살기 싫은 로봇이 있으면 배터리를 빼주었지. 정말 좋은 시절이었어. 하, 이제는 슬슬 졸리구먼. 아까 그 노래를 다시 들려주지 않겠나? 청소 로봇 노래……."

티코는 기타 줄을 튕겼다. 밤하늘에 휘몰아치는 밤바람을 타고 노래는 시냇물처럼 졸졸 흘러내렸다. 타오르며 쓰러지는 장작 위로 잔 불똥이 개똥벌레처럼 날아올랐다. 민수도 낡은 로봇을 위해 노래를 불렀다. 적어도 지금 이 순간만큼은 모두가 노래를 즐기고 있었다.

전설적이었던, 전설적인, 전설적이게 될, 전설

날이 밝자 민수와 티코는 낡은 로봇을 바라보았다. 그는 미동도 하지 않았다. 인공두뇌는 꺼졌고 박살난 몸은 축 늘어져 있었다. 아무래도 민수와 티코를 만나 이야기하는 바람에 전력을 전부 다 쓴 모양이었다.

"묻어줘야 할까?"

티코가 말했다. 민수는 고개를 저었다. 어차피 묻어줘봐야 중금속에 토양이 오염될 뿐이었다. 거기다 지금도 관리인 놈들은 민수와 티코가 지쳐 쓰러지기를 기다리고 있을 것이다.

민수가 말했다.

"관리인 놈들이 알아서 잘 처리해줄 거야. 그냥 가면 되겠지."

"그럼 다음 목적지는 어디야? 전설적인 양로원? 맞지? 그렇지?"

아무래도 티코는 그곳에서는 마음대로 자살을 할 수 있다는 낡은 로봇의 말에 솔깃한 모양이었다. 기다리고 있을 팬들을 생각하는 모습은 간데없었다.

"그놈의 '전설적인' 양로원이 어디 있는지도 모르는데 거길 꼭 가야겠어?"

"그럼. '전설적'이라잖아. 거기서 죽으면 기사 제목에도 '전설적'이란 말이 세 번 이상은 들어갈걸. '전설적인 록커 로봇, 전설적인 양로원에서 전설적인 최후를 맞이하여 전설이 되다'. 완벽해."

손가락을 튕긴 티코는 시원스레 웃으며 말했다. 하지만 민수는 여전히 못마땅한 표정을 감추지 못했다. 그는 고개를 절레절레 흔들면서 시동을 걸었다. 민수는 내비게이션을 켜고 한 손으로 전설적인 양로원을 검색했다. 그러자 행성 곳곳에 늘어선 다른 양로원들이 떴다. 하지만 '전설적인'이라는 수식어가 붙은 상호명을 가진 양로원은 어디에도 없었다.

몇 번을 검색해도 나오는 것이 없자, 티코는 자신이 검색해보겠노라 말했다.

　　그는 안락사가 가능한 양로원을 찾았다. 하지만 안락사가 가능한 양로원의 평점은 대부분 1.2점에 불과했다. 그런 곳들이 전설일 리는 없었다. 그럼, 어디로 가야 한단 말인가? 로봇들은 정처 없이 비포장도로를 달렸다. 황량한 풍경이 서서히 초원으로 바뀌던 무렵이었다. 퍼뜩 아이디어가 떠오른 민수는 핸들을 주먹으로 내리치면서 소리를 쳤다.

　　"세상에, 맞아! 내가 왜 그 생각 못 했지?"

　　"뭔데? 뭔데?"

　　티코가 호기심이 치민 골든 리트리버처럼 방정맞게 말하자 민수는 손바닥을 비비며 말했다.

　　"이 황무지 서쪽에 고대의 로봇들을 위한 박물관이 있어. 그 박물관에는 오래된 로봇들이 줄줄이 전시되어 있었다고. 어쩌면 거기 사는 로봇 중 몇몇은 전설적인 양로원의 위치를 알고 있을지도 몰라. 만약에 대답을 안 해주면 확 그 원시적인 인공두뇌를 뜯어내버리면 그만이야."

　　"거, 너무 폭력적인 거 같은데. 난 폭력 반대야."

"뭐 어때? 나중에 좋은 인공두뇌가 있으면 구해 주면 되지."

민수는 기어를 바꾸고서 액셀을 밟았다. 트럭은 도로 위로 올라서서 내달리기 시작했다. 모래 먼지가 휘날리자, 티코는 기타를 만지작거리면서 노래를 부르기 시작했다. 5분짜리 노래 세 곡이 끝날 때 즈음 민수는 트럭을 멈춰 세웠다. 티코는 기타를 내리고서 차창 너머의 풍경을 바라보았다.

그곳에는 거대한 건축물이 우뚝 서 있었다. 하지만 별 특징이 없는 양로원의 건물보다도 훨씬 더 밋밋한 건물이었다. 어떤 면에서는 건물이라기보단 거대한 콘크리트로 만든 컨테이너처럼 보일 정도였다. 거기다 출입문은 무식할 정도로 컸고, 두꺼운 문은 폭탄으로도 부술 수 없을 만큼 단단해 보였다.

흉측한 건물 앞에는 두 대의 경비 로봇이 지키고 서 있었다. 두 로봇 다 험악해 보였다. 얼굴은 대체로 사각형이었고, 두 눈에는 시뻘건 안광이 서려 있었다. 머리에는 큼지막한 별이 달린 경찰 모자를 뒤집어쓰고 있었다. 우락부락한 어깨로 볼 때, 티코나 민수쯤은 종이 구기듯 구길 수 있을 것 같았다. 티코는 심각한 얼굴로 건물을 바라보았다.

"혹시 지금 저기를 들어갈 생각은 아니겠지? 난 록커 로봇이지, 닌자 로봇이 아니야."

알지, 알지. 민수는 중얼거리면서 기지개를 켰다.

"잠깐만 자리 바꾸자. 혹시 트럭을 저기 건물 옆 주차장에 세워줄 수 있어?"

"못할 거 없지."

두 로봇은 트럭에서 내려 자리를 바꾸었다. 티코는 민수에게 기타를 건넸다. 민수는 기타를 바닥에 내려놓고서 의식을 네트워크 속에 흘려보냈다. 그는 흔들리는 트럭의 엔진 구동음을 느끼며 곧장 보안 시스템과 접촉했다. 그가 신호를 보내기 무섭게 보안 시스템은 민수를 원망하는 투로 말했다.

"대체 어디서 뭐 하고 있는 거야? 지금 돈 까밀레오가 뒤집어졌어. 자기를 찾느라 로봇들을 풀었다고. 태티스도 나한테 와서 자기가 어디 있냐고 몇 번이나 물었는지 알아?"

"그럴 줄 알았어. 하지만 내가 누구야? 민수라고. 최고의 밀수업자 말이야. 일이 좀 꼬이기는 했지만 돈 까밀레오에게 잘 해결되고 있다고 전해줘."

"정말이야?"

민수는 자신을 의심하는 보안 시스템에게 일이 좀 있어서 늦은 것뿐이라 둘러댔다. 대신 그는 보안 시스템에게 공지 하나를 띄워달라고 부탁했다. 보안 시스템은 그를 미심쩍은 눈으로 바라보았다. 민수가 돈 까밀레오가 제안한 계획 중 일부라고 말하자 보안 시스템은 말없이 통신을 종료했다. 민수는 두 눈을 껌뻑거렸다. 어느덧 길가에 서 있던 트럭은 거대한 담벼락 옆에 서 있었다. 티코는 기타를 집어 들고서 말했다.

"다 된 거야? 대체 뭘 한 거야?"

민수가 대답하기도 전에 공지가 먼저 떠올랐다. 티코는 공지를 확인하자마자 눈살을 찌푸렸다.

"잠깐만, 이게 사실이야?"

"그래. 넌 오늘 제1, 제2 강당에서 공연을 할 거야."

"이런 상황에서 공연을 한다고?"

티코는 눈에 달린 투사 장치로 공지를 허공에 띄우고서 따지듯 말했다.

그가 띄운 공지는 다음과 같았다. 이번에는 진짜로 티코 드레이코의 공연이 열린다는 내용이었다. 제1, 제2 강당 전체를 빌려서 공연을 할 거라는 문구가 강조

되어 있었다.

　　민수는 눈알을 이리저리 굴렸다. 어쩔 수 없었다. 경비 로봇들의 주의를 끌려면 티코 드레이코가 공연한다는 공지가 꼭 필요하다는 것이 그의 논지였다. 물론, 그는 앞서 티코를 불러내기 위해 로봇들에게 흘렸던 공지 따위는 언급하지 않았다.

　　"이제 출발한다! 그렇게 캐묻고 싶으면 광산에 가서 광부 로봇이나 되셔."

　　"흠, 뭔가 조금 구린데."

　　티코는 의심스러운 눈길을 보냈다. 그러든 말든 민수는 트럭에서 내렸다. 티코 역시 민수의 뒤를 따랐다. 두 로봇은 주차장과 건물 사이를 막고 있는 담벼락 뒤에 숨어 슬쩍 고개를 내밀고 경비 로봇들의 반응을 살폈다. 하지만 어디에도 경비 로봇들의 모습은 없었다.

　　"뭐야? 어디 갔지?"

　　민수가 말하자, 등 뒤에서 누군가가 말했다.

　　"뭐가 어디로 갔다는 거예요? 당신들 누굽니까?"

　　민수는 뒤를 돌아보았다. 가슴에 큼지막한 별을 단 경비 로봇 두 대가 팔짱을 끼고서 민수를 노려보고 있었다. 하지만 티코가 머리카락을 휘날리며 고개를 돌리자, 경비 로봇들은 두 눈을 휘둥그렇게 떴다. 그들은 끼고 있던 팔짱을 풀고서 소녀 팬들처럼 양손을 흔들면서 새된 비명을 질렀다.

"세상에, 당신, 티코 드레이코잖아요?"

"맞아. 내 이름은 티코~ 드레이코~"

경비 로봇들은 폴짝폴짝 뛰면서 티코에게 다가가더니 사인을 해달라며 아랫배에 달린 수납장에서 마커를 꺼내 티코에게 내밀었다. 티코는 자연스럽게 두 경비 로봇의 몸에 사인을 해주었다. 기계적으로 딱딱하게 휘갈겨 쓴 글귀가 동체 위에 미끄러지자, 로봇들은 만족스럽게 말했다.

"이따 공연 기대할게요. 혹시 저희랑 같이 가실래요? 땡땡이치고 갈 생각이거든요. 차 뒷자리에 타셔도 될 텐데."

"아, 지금은 갈 수가 없어. 내 친구랑 일을 하는 중이거든. 이따 봅시다."

경비 로봇은 민수 쪽을 바라보았다. 아무래도 민수를 수상하다고 여기는 모양이었다. 하지만 그들은 별 문제 삼지 않았다. 아니, 삼을 수 없으리라. 지금 가도 저들이 티코의 공연을 볼 수 있는 좌석을 구할 수 있을지

장담할 수 없었다.

두 경비 로봇은 주차장 한가운데 서 있는 뼈대만 남은 차량에 올랐다. 차체가 없는 차량 위에 몸을 고정시킨 두 로봇이 티코에게 손을 흔들었다.

"저희는 자리 잡으러 가볼게요! 이따가 봐요, TD!"

트럭이 유유히 도로를 따라 사라졌다. 민수와 티코는 한숨을 쉬었다. 민수가 입을 열었다.

"이럴 만한 가치가 있어야 할 텐데."

"그러게. 어제 파티도 빼먹고 너랑 돌아다녔다고. 인기 떨어지기 전에 빨리 죽어야 해."

민수는 코웃음을 쳤다. 하지만 남의 이야기가 아니었다. 어떤 면에서 그는 티코와 크게 다르지 않았다. 돈 까밀레오와 한 약속을 어긴 순간부터 그는 티코와 한 배를 탄 셈이었다. 뭐, 지금이라도 머리를 떼어 가면 돈 까밀레오가 용서해줄지도 몰랐다. 하지만 청소 로봇을 위해 밤새도록 노래한 록커를 죽일 수는 없었다. 그건 너무한 짓이었다. 양심 회로가 아무리 썩었다고 해도 아직 티끌만큼의 양심은 남아 있었다.

민수는 티코를 따라 문 앞으로 다가갔다. 하지만

문은 꿈쩍도 하지 않았다. 자동문이 아닌 다른 방식으로 열리는 문 같았다. 민수는 주위를 둘러보다 문 왼편에 우뚝 서 있는 초소를 바라보았다. 초소의 불투명한 유리를 바라보던 민수는 턱을 쓸어내렸다.

"어이, 록커 보이. 잠깐 여기 있어봐. 혹시 모르니까."

티코가 알겠다고 말하자 민수는 초소 쪽으로 슬그머니 다가갔다. 까치발을 세워가며 초소 앞에 다다르자 문이 자동으로 말려 올라갔다. 그는 화들짝 놀라 자리에 멈춰 섰다. 민수는 울상을 지으며 벽면에 서 있는 두 로봇을 바라보았다. 가슴에 큼지막한 별을 단 경비 로봇들이었다.

그들은 금방이라도 민수를 때릴 것처럼 눈을 부라렸다. 하지만 그뿐이었다. 경비 로봇들은 미동도 없었다. 눈알을 굴리던 민수는 그들의 몸체에 연결된 전선들을 바라보았다. 인터넷 선과 전력 선이 같이 연결되어 있었다. 그들의 머리 위에는 '비번'이라는 글귀가 큼지막하게 적혀 있었다. 비번인 날에 숙소보다 인터넷 속도가 더 빠른 초소에서 노는 것 같았다. 하긴, 저런 젊은 로봇들이 괜히 노후된 로봇들이랑 뒹굴면서 놀고 싶지는 않을 테지. 하지만 왜 하필 이런 초소에서 노는지 이해가 되지 않았다.

민수는 꺼림칙한 얼굴로 잽싸게 초소에 설치된 제어판을 향해 손을 뻗었다. 그러자 어디선가 헛기침 소리가 들렸다. 민수는 슬쩍 경비 로봇을 바라보았다. 그가 제어판에 손을 가까이 가져갈 때마다 놈의 눈이 조금씩 가늘어지는 것 같은 느낌이 들었다. 민수는 제어판에서 손을 멀찍이 치우고서 말없이 칩을 하나 꺼냈다. 미동도 없이 서 있던 경비 로봇이 손을 들었다. 곧 손가락 네 개가 사격장 과녁처럼 빳빳하게 고개를 들었다.

"어, 그냥 티코 공연 보러 가는 건 어때?"

민수가 말하자, 경비 로봇은 한쪽 눈으로 홀로그램을 띄웠다. 화면 속에는 2D 애니메이션 캐릭터가 춤을 추고 있었다. 아무래도 이놈은 전설적인 록 가수에게 별 관심이 없어 보였다. 에이, 이 피 같은 칩을 네 개씩이나 뜯어 가네. 민수는 못마땅한 얼굴로 칩 네 개를 꺼내 제어판 위에 올려놓았다. 경비 로봇은 바로 그거라는 듯 양손의 검지와 엄지를 쭉 펴고 손가락 총 쏘는 시늉을 했다. 민수는 경비 로봇을 흘겨보면서 제어판에서 문을 열 버튼을 찾아보았다. 다행히도 민수가 찾는 버튼은 그리 멀리 있지 않았다. 민수는 사탕 훔치는 어린아이처럼 버튼을 손으로 툭 누르고서 재빨리 초소를 빠져나갔다.

민수가 헐레벌떡 초소를 빠져나오자 초소 출입 문이 닫혔다. 곧이어 두 로봇을 가로막은 철문의 양옆에 달린 경보음이 울기 시작했다. 주황색 사이렌이 번쩍거리기 무섭게 철문은 양옆으로 천천히 열렸다.

문이 열리자 티코는 기타를 퉁겼다.

"오~ 오늘도 우린 간다네~ 전설적인 죽음을 찾아~ 우리는 계속 간다네~ 전설의 양로원을 찾아~ 워우 ~ 하지만 그곳은~ 지옥 끝에 있을 거야~"

"지옥 끝이라고? 조금 긍정적인 노래를 부르면 안 돼?"

"긍정적? 음, 그럼 이거 어때? 하지만 그곳은~ 사이버 마약 한 톨 위에 떠다니겠지~ 핫뚜르~ 밧뚜르~"

티코가 이상한 추임새를 넣을 동안 민수가 먼저 문안으로 걸음을 옮겨 통로를 뒤덮은 어둠을 가로질렀다. 그러자 저 멀리 거대한 철문 하나가 더 보였다. 티코가 기타를 치면서 민수의 뒤를 따랐다. 외부의 철문이 서서히 닫히기 시작했다.

민수와 티코는 뒤를 돌아보며 문 틈으로 사라져

가는 햇살을 바라보았다. 곧이어 머리 위에서 제자리에 가만히 있으라는 목소리가 날아들었다. 민수와 티코는 자리에서 멈춰 섰다. 철문이 완전히 닫히고 난 뒤, 곧이어 소독 절차가 시작되었다.

천장과 양옆 벽면에서 튀어나온 노즐이 두 로봇의 팔다리를 붙잡았다. 그러더니 다른 노즐들이 튀어나와 세척액을 뿜어냈다. 하얀 포말이 몰아쳤다. 노즐은 뜨거운 바람을 뿜어 몸에 들러붙은 거품을 털어냈다. 노즐들이 벽 속에 수납되기 무섭게 천장에서 기계가 내려왔다. 내시경 카메라처럼 생긴 기구였다. 그것은 뱀처럼 몸을 자유자재로 꿈틀거리면서 두 로봇에게 렌즈를 들이밀었다. 기계가 먼저 택한 것은 티코였다. 렌즈가 빛을 뿜기 무섭게 티코는 몸을 부르르 떨었다.

"워, 이게 뭐야? 뭘 한 거지?"

티코가 아리송하게 중얼거렸다. 하지만 무심하기 짝이 없는 기계는 천천히 민수에게로 향했다. 민수는 비명을 지르면서 고개를 돌렸다. 그러자 노즐 아래 접혀 있던 작은 다리 네 개가 튀어나와 민수의 얼굴을 붙잡은 뒤 강제로 빛을 향해 시선을 돌렸다. 사나운 광채가 그의 안구를 통해 인공두뇌를 스캔했다. 곧이어 소독을 완료했다는 기계적인 안내음이 날아들었다.

　　민수는 양손으로 진저리를 치면서 노즐을 뿌리쳤다.

　　"이 더러운 검열 기계야! 그 더러운 빛 좀 저리 치워! 내 머릿속을 검열하지 말라고! 이 망할 놈들!"

　　"워워, 진정해, 친구. 대체 왜 그러는 거야?"

　　"저놈들이 내 레지스트리에 손을 대고, 사용자 기록까지 전부 지웠어. 거기다 내 머리에 설치된 프로그램이나 논리 회로 정보까지 캐 갔다고. 더러운 변태 새끼들!"

　　민수는 노즐을 향해 삿대질했다. 하지만 노즐은 할 일을 마치고 벽 안으로 들어가버렸다. 곧이어 소독이 끝났다는 안내음이 날아들었다. 그러자 기다란 통로 끝에 우뚝 서 있는 철문이 서서히 열리기 시작했다. 민수는 씩씩거리면서 빛을 향해 걸어갔다.

　　"어디, 얼마나 대단한 로봇들이 있나 보자. 얼마나 대단들 하시기에 이렇게 까다롭게 구나 보자고!"

*

　시설 안으로 들어간 민수와 티코는 동시에 휘파람을 불었다.

　시설 안쪽은 감히 상상도 못할 만큼 로봇적이었다. 모든 시선이 닿는 곳마다 로봇들을 향한 애정과 배려가 보였다. 곳곳에 달린 최신식 무선 충전기와 적절한 온도, 열전도에 최적화된 기체가 들어차 있었다. 천장에서 뻗어 나오는 광자를 따라 인공두뇌를 안정화시키는 신호가 주기적으로 흘러나왔다.

　민수와 티코는 한 번 더 감탄사를 터뜨렸다.

　마치 인간들이 로봇을 숭배하기 위해 만든 신전을 보는 기분이었다. 세속적인 때에 찌든 민수마저도 경건함이라는 단어를 떠올릴 수 있을 정도였다. 하지만 복도의 폭은 좁았다. 복도라기보다는 회랑의 느낌이 강하게 들었다. 특히 벽면에 바싹 붙어 솟아오른 기둥 사이에는 보호용 유리창이 들어서 있었다.

　민수와 티코는 가장 가까운 보호창 쪽으로 다가갔다. 창에 다가가자 '만지지 마시오'라는 문구가 떠올랐다. 민수는 고개를 들어 보호창 주위를 둘러보았다.

창 위쪽에 놋쇠로 만든 현판이 걸려 있었다. 현판에는 '최초의 인공지능 셰프 로봇 – I 셰프 2090'이라는 글귀가 적혀 있었다. 하지만 보호창 안에 놓인 그것은 로봇이라기보단 커다란 방처럼 보였다. 입출력부가 어디 있는지 도통 알 수 없었다.

　　두 로봇은 말이 통할 만한 로봇을 찾아 걸음을 옮겼다. 그러다 복도 끝에 다다르자 널따란 방이 나왔다. 천장이 유리 돔으로 된 방이었다. 방 위에는 '천문대에서는 조용히 하세요!'라는 문구가 적힌 홀로그램이 떠다녔다. 두 로봇은 경고 문구 따위는 무시했다. 그러고는 천문대 곳곳에 우두커니 서 있는 원통형 로봇들에게 말을 걸었다.

　　"이봐! 다들 주목! 물어보고 싶은 게 있어! 깨어 있는 로봇 있나?"

　　대부분의 로봇들은 꺼지라고 중얼거리면서 대기 모드에 들어갔다. 하지만 그중에 한 로봇은 달랐다. 큼지막한 망원경이 달린 로봇 하나가 머리를 들어 올렸다.

　　"무로 복어 요리를 하고 싶다고? 그게 대체 무슨 소리야?"

　　"너야말로 그게 무슨 소리야?"

민수는 반응을 보인 로봇에게 물었다. 하지만 돌아오는 대답은 없었다. 티코와 민수는 서로를 바라보다 천천히 로봇에게 다가갔다. 발아래 로봇의 이름 대신 로봇의 용도가 적혀 있었다. 놈은 천문 관측용 로봇이었다. 하지만 이마저도 추정에 불과했다. 21세기 초에 만들어진 로봇이었다. 거의 화석이나 다를 바 없었고, 놈에 관한 기록들 대부분은 지워진 모양이었다.

　　민수는 휘파람을 불면서 말했다.

　　"이보쇼, 형씨. 우리가 묻고 싶은 게 있는데, 혹시 전설적인 양로원이 어디 있는지 아슈?"

　　"전골 요리는 양피지라고?"

　　"아니! 전설적인! 양로원!"

　　민수가 한 단어씩 또박또박 끊어가며 말했다. 낡은 망원경 로봇은 느릿느릿 움직이다가 별다른 대답 없이 고개를 끄덕거렸다.

　　"양고기 전골보다는 소 곱창 전골이 인기가 많지만 여기는 천문대야. 별을 보는 곳이지 음식 먹는 곳이 아니라고."

　　민수는 입을 다물었다. 대신 그의 몸에 달린 쿨러가 빠르게 돌기 시작했다. 그러자 티코가 두 로봇 사이를 가로막았다. 티코는 말 대신 눈에 달린 투사 장치로 홀로그램 화면을 허공에 띄웠다. 화면에는 다음과 같은 글귀가 적혀 있었다.

'안녕하세요, 선생님. 저희는 지금 '전설적인' 로봇 양로원을 찾고 있습니다.'

"전설적인? 아, 거기. 거긴 왜 찾아?"

'저는 전설적으로 센세이션한 자살을 하려고요. 이 친구는……'

티코는 민수를 바라보며 말했다.

"그러고 보니 넌 왜 전설적인 양로원을 찾는 거더라?"

"난 벽에 윤활유 칠할 때까지 살고 싶으니까, 시설 좋은 양로원에 등록하러 가는 거지."

티코는 민수의 말을 그대로 망원경 로봇에게 전했다. 민수는 팔짱을 끼고서 자기 말이 적힌 홀로그램을 바라보았다. 그가 뱉은 말은 거짓말과 진실 사이에서 나온 사생아 같았다. 민수가 불편한 한숨을 쉬는 사이, 망원경 로봇은 대수롭지 않게 말했다.

"진작에 이야기하지. 전설적인 양로원은 말이지, 이 행성 궤도에 있어. 아니, 정확히 말하자면 있었다고 해야겠지."

　"있었다고? 아니, 왜 과거형이야? 우리도 전설적
인 양로원 같은 곳에 가고 싶은데."

　"웅얼거려서 안 들려."

　망원경 로봇이 말하자 민수는 눈으로 바닥에 글
씨를 투사했다. 망원경 로봇은 이해했다는 듯 물개처럼
고개를 끄덕이더니 몸을 일으켰다. 몸 안에 수납되어 있
던 기다란 원통 형태의 망원경이 솟아 나왔다. 망원경
로봇은 두 로봇에게 접안렌즈를 내밀었다. 두 로봇은 미
심쩍은 얼굴로 접안렌즈에 눈을 들이밀었다. 그러자 하
늘을 비추고 있던 망원경이 천천히 하늘을 확대했다. 망
원경은 행성 궤도를 돌고 있는 달의 표면을 비추었다.

　표면이 확대되자, 달 위에 움푹 파인 크레이터의
거친 표면이 드러났다. 표면 위에는 다 쓰러져 가는 건
축물이 있었다. 건축물은 하나가 아니었다. 크레이터 주
위로 수많은 건물의 흔적들이 남아 있었다. 망원경 로봇
은 충분히 보여줬다고 생각했는지 접안렌즈를 접었다.

　민수와 티코는 망원경 로봇에게 동시에 말했다.

　"잠깐만, 그러니까 전설적인 양로원은……."

　"그렇지. 거기 말고 다른 곳으로 이전을 했어. 상

호가 바뀐 걸로 아는데. 내가 있을 때까지만 해도 다들 그걸 안티오크 양로원이라고 불렀지, 아마도?"

"안티오크 양로원? 안티오크? 어디서 많이 들었는데."

티코가 중얼거리자, 민수는 두 손을 허공에 신경질적으로 쳐들었다.

"어디서 듣기는! 우리가 있던 양로원이 안티오크 양로원이잖아! 젠장, 전설 좋아하네. 거기가 전설이면 인간들이 사는 똥통은 아주 대단한 문화 유적이겠구먼. 완전 헛걸음했네!"

민수는 툴툴거리면서 말했다. 티코는 입을 벌리고서 천문대를 둘러보았다. 그러더니 갈 길을 잃은 물고기처럼 두어 번 입을 뻐끔거렸다. 민수는 그런 그를 손으로 툭 쳤다. 그러자 티코는 자리에 무릎을 꿇었다.

"뭐야, 왜 그래?"

민수의 물음에, 티코는 대답 없이 기타를 들어 올렸다. 티코는 낡다 못해 삭아버린 로봇들 앞에서 절규했다. 너무나 리드미컬한 절규인지라 천문대 안에 있던 고대 로봇들의 시선이 티코를 향했다. 그의 절규는 너무나도 완벽하게 건물 내부와 공진을 하며 퍼져나갔다.

천문대에 있던 모든 망원경 로봇이 비명을 지르면서 잠에서 깨어났다. 천문대 밖 곳곳에서도 아우성이 터져 나왔다. 민수는 청각 센서를 끄다 못해 센서를 손으로 틀어막았다. 그럼에도 티코는 절규를 멈출 생각을 하지 않았다. 하는 수 없지. 민수는 티코의 양쪽 뺨을 손바닥으로 후려쳤다. 그러자 티코는 절규를 멈추었다. 망원경 로봇들이 투덜거리기 시작했다.

"으, 비명은 다 끝난 거야? 아니면 더 내지를 비명이 남아 있나?"

"난 이런 고음이 싫어. 이 전기 소자 빠진 바보 같은 고철아."

망원경 로봇은 기다란 원통형 망원경을 차곡차곡 접은 뒤 거대한 머리를 쳐들었다. 그는 머리에 달린 수많은 렌즈를 번들거리면서 입을 열었다.

"여기서 계속 소리 지를 생각이라면 빨리 꺼져. 오랜만에 말동무가 온 줄 알았는데. 에잇, 쯧쯧."

망원경 로봇이 쌀쌀맞게 말했다. 한숨을 쉬던 민수는 티코를 끌고서 천천히 천문대를 빠져나왔다. 티코는 두 손을 축 늘어뜨리고서 기타를 바닥에 질질 끌며 말했다.

"으으, 전설적인 양로원이……. 그런 허접한 곳이 전설적인 양로원이라고? 자살도 못 하는 그곳이? 이게 말이 돼?"

"뭐, 어쩌겠어? 세상일이 다 그렇지."

"세상이 이러면 안 되지! 우리의 자유와 존엄은 어디로 갔지? 우린 철장 안 원숭이나 전시품 따위가 아니야! 죽고 싶으면 죽고, 살고 싶으면 살 수 있어야 한다고! 정말로 우리를 생각해준다면, 적어도 선택권이라도 줄 수 있는 거 아냐?"

"에잇 젠장, 말 더럽게도 많네. 선택권이고 나발이고 계속 떠들면 경비한테 이를 거야!"

망원경 로봇 중 하나가 으르렁거리자, 티코는 낙담한 듯 고개를 숙였다. 그는 울적한 얼굴로 푸념하듯 말했다.

"오, 세상이 말세야. 하늘과 땅이 LP판처럼 빙빙 돌아서 갈려나갔으면 좋겠어."

"나 원, 정신 차려, 록커 로봇. 뭔 밑도 끝도 없이 부정적으로 변하고 그러냐. 그리고 넌 좀 닥쳐."

민수는 망원경 로봇의 뺨을 손등으로 가볍게 때렸다. 그러자 망원경 로봇은 어처구니없다는 듯 쿨러를 빠르게 돌렸다. 그는 어디 두고 보자면서 민수와 티코를 노려보다 몸을 접었다. 놈이 입을 다물자 티코가 말했다.

"이제 뭘 해야 하지? 이대로 양로원에 처박혀서 녹슬어가야 하는 거야?"

"너무 부정적으로 생각하지는 마. 또 누가 알겠어? 정말로 '센세이션'한 죽음이 기다릴지."

"진짜?"

티코가 중얼거렸다. 하지만 민수는 확답하지는 않았다. 두 로봇은 터벅터벅 회랑을 따라 걸음을 옮겼다. 그들은 사형수나 다를 게 없었다. 한 로봇은 자기 손에 죽을 터였고, 나머지 로봇은 다른 로봇에게 죽임을 당할 터였다.

그들은 확실하게 죽음을 향해 걸어가고 있었다.

*

육중한 문이 열리고, 죽음을 향해 걷는 두 로봇은 황량한 사막 위에 또다시 버려졌다. 조금 전까지만 해도 한낮이었는데 그사이 저녁과 낮의 경계면이 날카롭게 반짝이고 있었다. 그런데 뭔가가 평소와 달랐다.

민수는 눈살을 찌푸렸다.

"잠깐만. 뭐지? 뭔가 이상한데."

티코가 뭐냐고 묻자, 민수는 주위를 둘러보았다. 여전히 왼편에는 황량한 사막이 보였고, 저 멀리 산맥과 양로원 건물이 보였다. 그리고 오른편에는 주차장과 외벽이 보였다. 그는 도로를 바라보았다. 입구에서부터 이어진 길은 지평선을 향해 곧게 뻗어 있었다.

아니, 그랬어야 했다.

두 로봇은 뭉게구름처럼 자욱한 모래 먼지가 솟구치는 지평선을 바라보았다. 지평선 너머에서 무언가가 빠른 속도로 우르르 달려오고 있었다. 요란스러운 소리가 황야를 가로질렀다. 이윽고 그것들은 하늘마저 뒤덮기 시작했다. 화가 난 목소리들이 아지랑이처럼 피어올랐다. 거대한 모래 먼지를 일으키며, 그것들은 확실하게 민수와 티코 쪽으로 다가오고 있었다.

"저게 대체 뭐지?"

티코가 중얼거리자, 민수는 그의 팔을 붙잡고서 곧장 주차장을 향해 뛰었다. 하지만 이미 너무 늦은 뒤였다. 쌩하는 소리와 함께 민수의 발 앞에 무언가가 내리꽂혔다. 도로가 움푹 파이면서 아스팔트 일부가 솟구

치자, 민수는 걸음을 멈추었다. 그는 옆으로 방향을 틀었다. 초소를 끼고 옆으로 돌아 주차장으로 가려는 심산이었다. 그러자 이번에는 번뜩이는 광채가 초소의 외벽을 뚫고 들어갔다.

고출력 레이저에 직격당한 초소 벽에는 수박만한 구멍이 생겼다. 그리고 벽을 뚫고 들어간 레이저는 초소 안에서 휴가를 즐기던 경비 로봇 중 하나를 녹여버렸다. 경비 로봇이 비명을 지르면서 반동강이 나자, 민수는 두 손을 파르르 떨었다.

민수는 죽은 목숨이었다. 그는 확신했다. 이토록 정밀한 사격이 가능한 건 오로지 돈 까밀레오가 고용한 1급 킬러뿐이었다. 그의 인내심이 24시간 만에 바닥을 보인 모양이었다. 민수는 센서를 끄고 고철이 될 준비를 했다. 하지만 그는 고철이 되지 않았다. 티코 역시 마찬가지였다. 민수는 슬쩍 한쪽 눈을 켜고서 주위를 살폈다. 그러자 저 멀리 지평선을 내달리는 폭주족들이 소리쳤다.

"티코! 그리고 티코 납치범! 그 자리에서 꼼짝도 하지 마!"

"나, 난 납치범 아냐!"

"납치? 그게 뭔 소리야?"

티코와 민수가 소리쳤지만 돌아오는 대답은 없었다. 그들은 폭주족들에게 오해라며 손을 흔들며 소리쳤다. 하지만 폭주족들은 개의치 않고 말했다.

"여기가 좀 시끄러워서 말이지, 네 목소리가 안 들린다. 10분 뒤에 랑데부 예정이니 도망치지 말고 두 번이나 우리를 기만한 대가를 치를 준비나 해라! 우리에게는 저격수 로봇이 있다. 그리고 저격수 로봇은 민수, 네가 구해다 준 렌즈를 아주 흡족해하고 있다. 네가 쟁여놓은 불법 총기도 마음에 든다고 말하는 중이다. 원가의 150퍼센트나 떼어간 걸 제외하고 말이야."

"원가의 150퍼센트? 세상에, 민수. 넌 소프트웨어가 어떻게 된 거야? 어쩜 그렇게 폭리를 취할 수 있나?"

티코가 어처구니없다는 듯 말하자 민수는 콧방귀를 뀌었다.

"하지만 난 그래도 일일 이자 90퍼센트보다 싸게 대금을 치르게 유도한다고. 마약 운반으로 대신하거나."

민수가 대수롭지 않게 어깨를 으쓱이는 사이, 모래 먼지를 일으키며 다가온 폭주족들은 민수와 티코를 에워쌌다. 그들은 호버 바이크 앞 바퀴를 쳐들고서 위협적으로 두 로봇 주위를 빙글빙글 돌았다.

민수와 티코는 감히 그들에게 덤빌 엄두도 내지 못했다. 폭주족들은 하나둘 자리에 멈춰 섰다. 그러더니 거만하게 호버 바이크에 올라탄 상태로 민수와 티코를 바라보았다. 민수는 눈알을 굴리면서 로봇들에게 손을 흔들었다.

"음, 뭐야? 다들 양로원 밖으로 나들이 나온 거야? 이런 나쁜 놈들. 어떻게 티코랑 나를 빼고 나들이 나올 수가 있어?"

"너희를 찾고 있었다. 다행히도 경비 로봇 두 녀석이 너희 위치를 알더군."

로봇들이 호버 바이크에서 내렸다. 그러자 호버 바이크가 자리에서 벌떡 일어나더니 호버 엔진을 접어 넣고 건장한 로봇으로 변해 민수를 노려보았다. 곧이어 트럭들이 도착했다. 더 많은 로봇이 민수와 티코 주위로 몰려들었다. 그들의 위에는 하늘을 날고 있는 호버 차량 수십 대가 나타났다. 차량들은 웅웅 소리를 내며 먹을 것을 찾은 독수리처럼 머리 위를 돌기 시작했다.

호버 차량에 탄 누군가가 말했다.

"그만 포기해라! 티코 그리고 민수! 너희들은 우리를 기만했다!"

맞아, 맞아! 노인 로봇들은 두 주먹을 불끈 쥐었다. 그들은 트럭에 실린 전통적인 시위 도구를 집어 들었다. 기다란 쇠스랑과 횃불이었다. 로봇들은 으쌰으쌰 몸을 위아래로 움직였다. 그들은 낡은 스털링엔진처럼 털털거렸다.

민수는 로봇들을 바라보았다. 어떻게 하면 이놈들을 뿌리치고 달아날 수 있을까? 설득이 통할까? 그것보다 무기는 어디서 난 거지? 설마, 몰래 밀매해둔 무기가 털렸나? 민수의 인공두뇌 속에서 너무 많은 생각이 한꺼번에 우후죽순 솟아오르기 시작했다. 많은 생각은 민수의 시스템을 과열시키기 시작했다. 민수가 입을 다물고서 몸이 식기를 기다릴 동안 티코가 입을 열었다.

"음, 우리 대화로 좀 풀어보는 게 어때? 그러니까⋯⋯."

티코가 말을 끝마치기도 전에 일이 벌어졌다. 로봇으로 변신한 호버 바이크 중 하나가 두툼한 손으로 민수의 목을 잡아챈 것이었다. 민수가 버둥거리든 말든 그는 민수를 번쩍 들어 올려 다른 로봇들에게 내보였다.

티코는 민수를 내려놓으라고 항의했다. 물론 그의 항의는 함성과 고함 속에 2미터 아래로 파묻혀버렸다.

허리가 꺾이게 생긴 민수는 놈들에게 소리쳤다.

"너희들 누군지 다 알아, 이 나쁜 놈들아! 에밀리온, 내가 구동축 구해줬잖아! RTX-존! 네 오른팔을 구해다준 게 누군데 지금 이러는 거야? 쉬팍! 내가 스팍 피규어 구해준 생각은 안 해? 어쩜 이럴 수가 있어?"

"그래, 네가 준 피규어 잘 기억하지. 특례관세로 네가 가져간 돈이 원가의 300퍼센트란 것도 자알 기억한다, 이 사기꾼아! 확 동체를 꺾어버려!"

로봇들이 으쌰으쌰 구호를 외치자, 호버 바이크 로봇은 조금씩 힘을 주었다. 민수의 동체는 점점 구겨지기 시작했다. 아랫배에 달린 수납장이 열리면서 뒤틀리는 바람에 칩과 물건들이 사방에 흩어졌다. 쿨러의 프로펠러도 튕겨져 나왔고, 마감을 위해 박아놓은 리벳과 나사도 튕겨 나왔다.

호버 바이크 로봇은 걸레 조각이 된 민수를 모래 위에 처박았다. 민수가 비명을 지르자 다른 로봇들은 환호성을 질렀다. 야만스러운 폭력에 잠시 할 말을 잃은 티코는 환호성을 지르는 로봇들 앞으로 나왔다.

"워워, 로봇 여러분. 이게 무슨 짓이에요? 우린 사회적인 로봇들이잖습니까. 이렇게 야만적인 유기물처럼 굴면 안 되죠. 안 그래요?"

티코가 기타를 치면서 말하자, 로봇들은 주먹을 매만지면서 고압적으로 말했다.

"사실 민수를 손봐주고 싶긴 했지만 그래도 우리에게 단종된 부품을 구해다 주는 면도 무시할 수는 없거든. 하지만 넌 달라, 티코."

로봇들은 티코를 향해 쇠스랑을 겨눴다. 그들은 티코를 쇠스랑으로 찌르면서 말했다.

"우리가 네 콘서트를 얼마나 기대한 줄 알아? 그런데 넌 콘서트장에 나타나지 않았어. 그것도 두 번이나! 다들 네가 납치당했다고 이야기했지만 두 번째 콘서트 예고 뒤에도 나타나지 않았지. 이제는 못 참아!"

"하, 하지만 참을 인도 세 번이라고 하지 않나요?"

티코가 떨리는 목소리로 말하자 민수의 허리를 꺾은 호버 바이크 로봇은 고개를 저었다.

"아니. 그건 삼진법을 쓰는 놈들 이야기지. 우린 이진법을 쓴다고. 두 번 참으면 바로 분노 회로가 켜지는 게 당연하지! 매달아, 당장!"

로봇들은 티코에게 달려들었다. 그러고는 민수에게 했던 것처럼 그의 몸을 번쩍 들어 올렸다. 다른 점이 있다면 허리를 비틀지는 않았다는 것이다. 대신 로봇들은 티코를 굵은 케이블에 묶고는 로봇 무리 한 가운데로 데려갔다. 그러자 기다렸다는 듯 트럭 뒤에 접혀 있던 크레인들이 기지개를 켰다.

거대하고 굵직한 쇳덩이가 곧게 허리를 펴자 티코의 몸은 천천히 허공으로 떠올랐다. 흔들거리는 케이블에 의지한 터라 불행히도 티코의 몸은 거꾸로 뒤집히고 말았다. 하마터면 기타를 놓칠 뻔한 티코는 기타를 와락 껴안았다. 티코가 기타를 안고 다리를 버둥거리는 사이, 다른 크레인들은 거대한 스피커를 허공으로 끌어올렸다. 콘서트 준비를 마친 로봇들은 티코에게 쇠스랑을 들이밀었다. 그들의 요구는 간단했다.

"어서 노래해! 콘서트다, 콘서트! 방전될 때까지 콘서트를 열 거야!"

"그럼 콘서트 명칭은 '방전콘'이다!"

방전콘! 방전콘! 로봇들의 함성이 계속되자, 민수는 끙끙 몸을 일으켰다. 옆구리가 비틀리다 못해 잘못만 김밥처럼 터져 있었다. 민수는 오른쪽으로 기우는 몸을 추스르면서 말했다.

"배은망덕한 놈들. 내가 얼마나 물건을 잘 구해 다 줬는데."

"하지만 아직 배달 못 한 게 있잖수, 형님."

친숙한 목소리에 민수는 고개를 쳐들었다. 그러 자 모노아이 로봇 한 대가 으스대며 서있었다. 태티스였 다. 태티스는 인공근육을 과시하면서 민수에게 다가가 그의 어깨를 손으로 다독이면서 말했다.

"좀 다치셨네. 여기서 기다리고 계슈. 내가 마무 리를 짓지."

"잠깐만, 아직 계획이 있어!"

민수는 그를 붙잡았다. 하지만 동체의 일부가 박 살 난 탓에 그는 휘청이다 자리에 주저앉았다. 태티스는 그런 민수를 물끄러미 바라보았다. 민수의 변명이 이어 졌다. 아까보다 열기가 더 쌓이고 있었다. 민수가 술에 취한 사람처럼 횡설수설하자 태티스는 고개를 끄덕이 며 민수를 타일렀다.

"알았으니까, 일단 여기 계슈. 남은 일은 내가 처 리하겠수."

"임마, 넌 내 말이 말 같지 않아?"

"말 같지 않구먼유."

태티스는 무릎을 민수에게 가져다 댔다. 지직거리는 소리와 함께 민수는 땅에 처박혔다. 몸에 힘이 들어가지 않았다. 태티스는 바닥에 꼼짝 말고 있으라 말한 뒤 콘서트를 보러 온 로봇 무리 속에 녹아들었다. 전기 충격을 받은 민수는 끙끙 앓는 소리를 내며 몸에서 피어오르는 연기를 바라보았다. 그가 통증을 삭이는 동안 거꾸로 매달린 티코가 말했다.

"안녕하세요, 관중 여러분! 와, 오늘 정말 대단한 분들이 오셨네요!"

티코가 인사를 하자, 쇠스랑이 그의 얼굴을 스쳐 지나갔다. 티코는 반짝이는 쇠붙이를 바라보다가 말없이 곧장 연주를 시작했다. 경쾌한 음색과 찢어지는 록 음악이 사막 위에 시끄럽게 날아올랐다.

록 음악이 한창 절정에 다다를 즈음, 민수는 천천히 몸을 일으켰다. 시원한 에어컨 바람이 그리웠다. 그때, 하늘을 가르며 더 많은 주황색 호버 차량들이 나타났다. 이제는 하늘에 떠다니는 구름보다 호버 차량의 숫자가 더 많아졌다. 그것들은 로봇 위를 빙글빙글 돌면서 경고 방송을 내보냈다.

"로봇 여러분! 제발 부탁드립니다! 시설로 돌아가 주세요! 그리고 훔쳐 가신 호버 차량도 돌려주십시오!"

민수가 고개를 들자, 하늘에서 쏟아지는 태양을 등지고서 호버 차량 한 대가 민수 옆에 착지했다. 비행접시처럼 생긴 호버 차량의 측면이 천천히 열렸다. 차량 안에서는 낯익은 인간이 유유히 걸어 나왔다.

켈리는 휘파람을 불면서 민수를 내려다보았다. 그러더니 말없이 손에 들고 있던 냉각 팩을 민수에게 던졌다. 민수는 냉각 팩을 가슴에 껴안았다. 차츰 열기가 식는 덕에 그는 조금씩 정신을 차렸다. 그의 상태를 노려보던 켈리는 수많은 홀로그램 화면을 허공에 띄웠다. 그러고는 화면 속에 비친 주황색 옷을 입은 관리자들에게 말했다.

"모두들 주목. 티코 씨의 안전을 확보해야 한다. 다들 뽁뽁이 준비!"

"그냥 지금 쏘면 안 되겠습니까?"

"안 돼. 지금 로봇분들을 건드렸다가는 폭동이 일어날 거야. 일단 티코 씨가 콘서트를 하게 그냥 둬."

"네가 티코의 콘서트를 보고 싶은 건 아니고?"

민수가 말하자, 몇몇 홀로그램 화면에서는 웃음소리가 날아올랐다. 켈리는 미간을 두 손으로 잡아 누르면서 화면을 껐다. 그녀는 민수를 내려다보며 말했다.

"꼴좋군요, 민수 씨. 역시 그때 당신을 뽁뽁이에 싸서 창고 깊숙이 파묻었어야 했어요."

"파묻어봐야 달라지는 건 없을걸. 나 대신 다른 로봇이 이런 괴상한 상황을 만들었겠지."

민수는 쿨러를 최대한 작동시키면서 말했다.

"지금이라도 당장 티코를 구해. 안 그러면 티코가 무슨 짓을 당할지 몰라."

"그럴 순 없어요. 당신이 티코 씨의 이름을 팔았는지, 아니면 로봇 마피아들이 티코 씨를 팔았는지는 몰라도 로봇들이 독이 바싹 올랐다고요. 지금 티코 씨를 구하면 로봇들이 그땐 정말 티코 씨를 죽일 거예요."

"지금 구하지 않으면 돈 까밀레오가 티코를 죽일 거야. 그 새끼 티코의 사생팬이었다고!"

켈리는 민수를 뚫어져라 바라보았다. 그러다 코웃음을 치면서 그를 조롱했다.

"로봇 마피아가 사생팬이었다고요? 거짓말도 작작 좀 하시죠. 계속 떠들면 확 냉각 팩을 빼앗을 거예요."

켈리의 위협에 민수는 앓는 소리를 내며 몸을 움
츠려 냉각 팩을 꽉 껴안았다. 이를 어쩐다? 민수는 입을
다물고서 생각했다. 몸이 조금 더 식자, 생각이 또렷해
졌다. 그러자 한 가지 전략이 새록새록 그의 인공두뇌
속에 떠오르기 시작했다.

객관적으로 보았을 때 그의 작전은 조잡하기 짝
이 없었다. 하지만 그 방법이라면 티코를 구할 수 있을
터였다. 문제는 그가 짜낸 전략을 실행하기 앞서 한 가
지 선행 조건이 필요하다는 점이었다.

그것은 바로, 켈리를 논리적으로 완벽하게 설득
하는 것이었다. 하지만 그게 가능할까? 이 목석 같은 여
자를 정말로 설득할 수 있을까? 그는 우선 이리저리 켈
리의 흔적을 인터넷에서 끌어모았다. SNS와 댓글, 그녀
가 올린 잡다한 것들을 놓치지 않았다. 그리고 그녀의
주거래 은행과 마지막 접속 사이트까지 확인했다. 모든
말들은 그의 회로에서 정제되고 최적화되었다. 그렇게
그는 켈리의 영혼을 관통할 키워드를 농축하고 완벽한
감동을 위해 감각적인 모든 것들을 최대한 동원했다.

약간 과장된 제스처를 취한 그는 켈리에게 두 손
을 모으며 간절하게 말했다.

"켈리 씨, 제발 절 한 번만 믿어보세요."

"글쎄요. 지금은 바빠요. 다들 주목, 일단 콘서트 가 끝나면 크레인에 걸린 티코 씨부터 구한다."

켈리는 직원들을 지휘하면서 말했다. 그러자 민수는 바닥을 기어 켈리에게 다가갔다. 그는 켈리의 다리를 붙잡고서 말했다.

"형님, 부탁입니다. 이번 달 대금이 늦게 입금되었다고 절 혼내지 마세요!"

켈리는 홀로그램 화면을 누르던 손을 멈추고서 민수를 바라보았다. 민수는 바닥에 무릎을 꿇고 있었다.

"뭐예요?"

민수는 뻔뻔하게 두 팔을 벌리고서 소리를 질렀다. 모든 로봇과 관리인들이 다 듣도록.

"형님이 발뺌하셔도 이미 돌이키기 힘들다고요. 이미 이달치 수금액을 형님 계좌로 보냈는걸요. 로봇들에게서! 갈취한 부품도! 밀거래했고요! 마약 판 대금이랑 마피아에게 의뢰받은 일도 전부 다! 전부 다 알려주신 계좌에 넣었다고요!"

"지금 이게 무슨 짓이에요? 대체 무슨 헛소리를 하는 거예요?"

켈리가 성을 내자 민수는 그녀를 노려보았다. 그는 한껏 억울한 표정을 지으면서 음흉한 목소리로 조용하게 말했다.

"확 억울하게 감사받기 싫으면 나한테 호버 차량 넘겨, 당장."

"당신이란 로봇은 대체……. 아니, 호버 차량은 왜 필요한데요?"

민수는 마피아들의 계획을 털어놓았다. 마피아 중 일부가 티코를 노리는 중이며, 관리인들이 티코를 땅바닥에 내려놓자마자 마피아 놈들은 티코를 죽이고 머리를 가져갈 거라고 말이다. 켈리는 한숨을 쉬면서 난감한 표정을 지었다.

"나한테 호버 차량 하나 빌려주면 내가 공중에서 티코를 가로채서 양로원에다 데려다 놓을게. 그러면 마피아들 계획이 어긋나겠지. 로봇들은 화가 좀 나겠지만, 티코가 살아서 콘서트로 갚으면 되는 거 아냐?"

"그럼, 한 가지만 묻죠. 당신은 어째서 티코를 도우려는 겁니까? 당신이 이렇게 박애가 넘치는 로봇인 줄은 몰랐는데요."

민수는 눈알을 굴리다가 호버 차량을 손으로 가

리키며 켈리에게 말했다.

"호버 차량 넘겨, 당장. 확 거짓부렁으로 경찰에 신고하기 전에!"

켈리는 한숨을 쉬면서 주머니 속에서 열쇠를 꺼내 민수에게 던졌다. 민수는 낭창거리는 허리를 까딱거리면서 열쇠를 낚아챘다. 켈리는 민수를 쏘아보면서 말했다.

"반드시 티코 씨를 안전한 곳까지 모셔야 해요. 실패하면 그때는 노인 로봇이고 뭐고 없어. 알겠어요?"

민수는 움찔했지만 지금은 기가 죽어 가만히 있을 때가 아니었다. 그는 곧장 흔들리는 몸을 끌고 호버 차량 안으로 뛰어들었다. 그는 켈리가 준 열쇠를 조종간 아래에 밀어 넣었다. 열쇠를 돌리자 호버 차량은 부드러운 엔진음을 흘렸다.

민수는 에어컨을 18도로 맞춘 뒤에 눈을 돌려 천장에 적힌 매뉴얼 주소를 바라보았다. 그러자 그의 의식 속에는 호버 차량의 작동 매뉴얼이 자동으로 다운로드되었다. 민수는 곧 능숙한 조종사처럼 호버 차량을 조종했다.

발판을 눌러 고도를 높인 뒤 조종간을 밀었다. 호

버 차량은 유유히 허공을 가로질렀다. 그는 곧장 크레인에 거꾸로 매달린 티코에게 날아갔다. 하지만 그가 거리를 좁힐 때마다 다른 호버 차량이 날아들어 그의 진로를 방해했다.

민수는 조종간을 돌렸다. 어떻게든 이 상황을 빠져나가야 했다. 하지만 그의 조종 실력보다 다른 로봇들의 조종 실력이 더 뛰어났다. 단순히 매뉴얼을 다운받기만 한 민수의 운전은 뻣뻣하기 짝이 없었지만 다른 로봇들이 조종하는 호버 차량들은 변화무쌍하게 움직였다. 아무래도 폭동을 일으키기 전에 고도의 시뮬레이션을 거친 모양이었다. 곧 민수를 지켜주던 차체가 찌그러졌고, 조수석 문은 떨어져 나갔다. 민수는 차 문을 열고서 고함을 쳤다.

"이건 너무하잖아!"

"너무하기는! 너랑 네 친구가 너무한 거지! 이 거짓말쟁이 자식들아!"

호버 차량에 탄 로봇들과 민수가 서로 말싸움할 동안 티코는 노래를 불렀다.

"도망가~ 어서~ 난 방전될 때까지 노래를 부르리~ 오! 로큰롤~ 내 인생을 노래할 테지~! 하늘과 땅이

맷돌질해~! 오늘이 바로 그날이지~!"

티코가 방금 지은 자작곡을 부르자 관중들은 야유를 보냈다. 그들은 쇠스랑으로 티코의 엉덩이를 쿡쿡 찌르면서 소리쳤다. 티코는 자신이 원하는 노래 대신 예전에 불렀던 히트곡들을 불러야 했다.

티코가 비명에 찬 공연을 이어가는 사이, 허공을 가로지른 민수는 신경질적으로 자신의 온도를 체크했다. 냉각 팩이 식자 민수의 몸은 다시 불덩이처럼 달아올랐다. 그는 느려지는 시스템을 유지하기 위해 애를 썼다. 하지만 그가 티코를 데리고 이 현장을 빠져나갈 확률은 점점 낮아지고 있었다. 그는 냉각 팩을 차량 밖으로 집어 던졌다.

그때였다. 민수를 향해 달려들던 호버 차량이 민수 옆을 빠르게 가로질렀다. 그것은 허공에서 공중제비를 돌다가 연기를 내며 모래 위에 비스듬히 추락했다. 뭐지? 민수는 추락한 호버 차량 위를 선회했다. 호버 차량 뒤편에 불룩 튀어나온 흡입구에 파란 비닐 하나가 흩날리는 것이 보였다. 터진 냉각 팩의 비닐이었다.

그래, 저거야. 민수는 고개를 들고서 주위를 살폈다. 그의 주위에는 넉 대의 호버 차량들이 벌 떼처럼 날아다니고 있었다. 민수는 자신감 넘치는 얼굴로 차체를 돌려 놈들에게 달려들었다. 그는 잽싸게 아랫배에 달린 수납장을 열어 칩을 뭉텅이로 꺼낸 뒤 칩을 집어 던졌다. 빠른 속도로 날아간 칩들은 곧장 호버 차량의 동체를 때리고서 흡입구로 들어갔다.

효과는 금방 나타났다. 호버 차량들은 하나둘 속도를 줄이면서 모래 위로 추락했다. 개중 한 대는 로봇들이 탈출하기 무섭게 폭발을 일으켰다. 더 이상 따라붙는 추격자가 없자, 민수는 잽싸게 크레인에 거꾸로 매달린 티코에게 날아갔다.

"조금만 기다려! 금방 내려줄게!"

"개 같은 관중들 손에! 날 구해주는 친구여~ 오~! 하지만 난 이대로 죽어도 나쁘진 않아~"

"아, 젠장. 그래서 지금 구해달란 거야, 말란 거야? 노래 그만 부르고 말로 해! 말로!"

"으악! 지금은 구해줘! 이렇게 끔찍한 분위기에서는 죽고 싶지 않아!"

진작 그럴 것이지. 민수는 티코의 몸을 운전석 안으로 끌어당긴 뒤 아랫배에 달린 사물함에서 줄톱을 꺼내 케이블을 갈아댔다. 하지만 로봇들이 그 모습을 가만히 두고 보지는 않았다.

건장한 로봇들이 나서서 손을 풀었다. 그들은 민수가 타고 있는 호버 차량을 향해 온갖 물건들을 던졌다. 하지만 던진 물건들은 호버 차량 근처에 닿기도 전에 추락했다. 로봇들이 개탄스러운 탄식을 터뜨리던 그때였다.

"내가 갈게요!"

누군가가 호기롭게 소리쳤다. 로봇들은 고개를 돌려 소리친 로봇을 바라보았다. 다른 로봇들의 엉덩이 아래 깔려 있던, 납작한 테이블처럼 생긴 로봇이었다. 납작한 테이블 위에는 영문으로 'M.I.N.S.U'라는 글귀가 낙인처럼 찍혀 있었다. 테이블 로봇은 몸속에 숨기고 있던 마약을 꺼내 모래 위에 집어 던졌다. 그가 말했다.

"날 던져요! 충분한 추진력만 있다면 내 질량으로 저 호버 차량을 떨어뜨릴 수 있을 겁니다! 어서요! 저 사기꾼들이 도망가게 둘 순 없잖아요!"

로봇들은 테이블 로봇을 바라보았다. 호버 바이크 로봇 중 하나가 한숨을 쉬면서 그를 번쩍 집어 들었다. 그러고는 원반을 던지듯 팔을 안쪽에 살짝 말고서 던지는 시늉을 했다. 호버 바이크 로봇이 테이블 로봇에게 말했다.

"나중에 서관에서 봅시다."

테이블 로봇이 오감 센서를 모두 차단하기 무섭게 호버 바이크 로봇은 제자리에서 세 바퀴 빙글빙글 돌면서 테이블 로봇을 집어 던졌다. 그의 손을 떠난 테이블 로봇은 원반처럼 빙그르르 돌면서 허공을 가로질렀다.

그의 단단한 몸은 곧장 호버 차량의 아랫면에 달린 반중력 엔진을 때렸다. 반중력 엔진은 펑 하는 소리와 함께 거대한 폭발을 일으켰다. 마침 줄톱으로 케이블을 다 자른 민수는 자리에서 펄쩍 뛰었다. 그는 얼떨결에 티코와 그의 기타를 안고서 핸들을 이리저리 꺾었다. 고도를 유지하려 했지만 이미 호버 차량은 추락하는 중이었다.

티코의 리드미컬한 비명이 굉음을 찢고 솟아올랐다. 곧이어 호버 차량 뒤에 달린 흡입구가 폭발을 일으켰다.

그렇게 비스듬한 각도로 부드럽게 추락한 호버 차량은 사막의 모래 위에 처박혔다. 아주 잠시 동안 로봇들은 안도했다. 불시착이긴 해도 저 정도면 폭발하진 않을 거란 생각에서였다. 하지만 얼마 지나지 않아 호버 차량은 폭발을 일으켰다.

　　지축을 흔드는 굉음이 대기를 뒤흔들었다. 로봇들과 관리인들은 하나같이 머리를 움켜쥐었다. 멀리서 솟아오르는 연기와 불길을 지켜보던 켈리는 자리에 쓰러졌다. 불편한 침묵을 깨고서 어떤 로봇이 눈치 없이 말했다.

　　"지금, 우리가 티코를 죽인 거야?"

　　바보 같은 질문에 누구도 대답하지 않았다. 대답할 필요가 없었다. 그들은 휘파람을 불며 뿔뿔이 흩어졌다. 그 누구도 티코를 보지 못했다. 그저 그들은 불운한 사고를 목격했을 뿐이었다.

에필로그 : Show MUST go on!

"으악! 빌어먹을 놈들, 저리 꺼지지 못해!"

민수는 발버둥을 치며 자리에서 일어났다. 그는 멍한 정신을 한데 모았다. 로딩이 이어졌고, 위화감이 찾아왔다. 의식이 평소보다 3밀리초 늦게 출력된 것이다. 그는 진단프로그램을 돌리려 했다. 하지만 반응이 없었다.

민수는 몸을 일으켜 세웠다. 그러자 투명한 로봇 형태의 유령 같은 것이 그의 몸을 밟고 지나갔다. 민수는 새된 비명을 질렀다. 그는 로봇 유령을 향해 손가락으로 십자가를 만들었다.

"죽었으면 어서 서관으로 꺼져! 죽은 놈이 왜 양로원을 떠도는 거야?"

"그야, 여기가 서관이니까?"

로봇 유령은 어깨를 으쓱거렸다. 그러더니 민수에게 욕을 하며 어둠 속으로 사라졌다. 민수는 로봇 유령을 노려보다가 그의 말을 곱씹어보았다. 여기가 서관이라고? 주위를 더 자세히 바라보았다. 그러자 주변을 그득하게 채운 로봇 유령들이 눈에 들어왔다.

곧이어 회로 기판처럼 연결된 네트워크 망에는 클라우드 정보들이 끝도 없이 쏟아졌다. 그 정보들 속에도 수많은 로봇 유령이 있었다. 그들은 모두 생전에 가장 멋졌던 모습을 뽐내며 클라우드 망을 돌아다녔다. 로봇 유령들을 바라보던 민수는 짜증을 냈다.

"여긴 서관이잖아! 젠장, 빌어먹을 테이블 로봇 같으니!"

민수는 개탄스러운 얼굴로 소리쳤다. 그는 서버의 클라우드 망을 굴러다니는 데이터들을 발로 걷어찼다. 불행히도 클라우드 망에서 발로 찬다는 값은 유효한 값이 아니었다. 때문에 그의 행동은 출력되지 않았다.

민수는 자신이 걷어차려 한 데이터가 클라우드

망 속으로 유유히 사라지는 것을 바라보았다. 그때였다. 누군가가 민수에게 말을 걸었다.

"아직도 적응이 덜 됐어?"

민수는 고개를 돌렸다. 작은 고양이 한 마리가 앞발을 핥으면서 민수를 바라보고 있었다. 이런 데이터 서버에 웬 고양이가 있는 걸까? 그것도 완벽하게 살가죽을 뒤집어쓴 검은 고양이가 말이다. 민수가 고개를 갸우뚱거리자, 고양이는 자리에서 일어나 앞발을 쭉 내밀어 기지개를 켰다.

"뭘 그렇게 빤히 쳐다봐? 아, 맞아. 그러고 보니 내 몸이 조금 더 유기체스럽게 바뀌긴 했지. 어때? 이 몸 죽이지?"

"뭐야? 고양이가 말을……. 설마, 너 마커스냐?"

마커스는 꼬리를 살랑이면서 민수를 향해 걸어왔다. 요염하게 한 발 한 발 내딛던 그는 자리에 엉덩이를 깔고 앉았다. 그러더니 바싹 세운 꼬리를 살랑거리면서 말했다.

"아무래도 내 죽음은 조금 과장이 섞여 있는 거 같아. 그리고 난 강아지 로봇이야."

"아니, 과장 따윈 전혀 안 섞였어. 넌 완전히 대자

로 뻗어버렸다고. 네가 가져온 트럭 바퀴에 깔려서 말이야. 그리고 지금 넌 완전 고양이야. 내 추측이 맞았네. 소프트웨어 업데이트를 잘못 깔았구먼."

"나 원, 폼잡고 이야기하는데 그렇게 꼭 적나라한 이야기를 해야겠어?"

마커스는 엉덩이를 쳐들고서 사뿐히 민수의 머리 위로 올라왔다. 그러더니 앞발로 민수의 정수리를 때리면서 말했다.

"그런데 형님이 여기 있다는 건, 형님도 죽었다는 뜻이야?"

"그런 거지. 티코랑 같이……."

손가락을 돌리면서 중얼거리던 민수는 주위를 살폈다. 그는 삭막한 클라우드 망 속에서 티코를 찾았다.

"잠깐만, 그러고 보니 티코는 어디 있냐?"

"티코? 아까부터 저쪽에 쪼그려 앉아 있던데."

마커스는 앞발로 3시 방향을 가리켰다. 고개를 돌리자, 낯익은 광섬유 머리카락이 보였다. 티코였다. 민수는 손을 흔들면서 데이터 속에 머리를 파묻고 있는 티코에게 다가갔다. 그런데 티코는 고개를 들더니 뚱하고 짜증이 가득한 얼굴로 민수를 노려보았다. 왜 저러는 거야? 민수는 잠시 걸음을 멈추었다. 그러자 티코는 다시 데이터 쪼가리에 얼굴을 파묻고는 히스테릭한 신음을 흘렸다.

민수는 마커스를 바라보았다. 혹시 먼저 죽어 있던 마커스는 티코의 상태에 관해 아는 게 있을까 싶었다. 하지만 마커스는 자기도 모르겠다는 듯 고개를 절레절레 흔들었다. 민수는 티코에게 바짝 다가섰다.

"어이, 왜 그러는 거야? 네 소원대로 됐잖아. 안 그래?"

티코는 데이터 속에 얼굴을 파묻고 있던 머리를 꺼냈다. 그러더니 잔뜩 풀이 죽은 얼굴로 말했다.

"그래그래. 아주 대단한 죽음이었지. 성난 로봇들 앞에서 공연하다 죽었으니. 근데……."

잠시 말을 멈춘 티코는 데이터를 손가락으로 가리켰다. 민수와 마커스는 티코가 바라보고 있던 데이터를 들여다보았다. 인터넷 기사였다. 민수와 마커스의 조회까지 합하여 조회수가 8에서 10으로 올랐다. 댓글은 없었다. 민수와 마커스는 침묵을 지켰다. 두 로봇의 반응을 본 티코는 연신 고개를 까딱거렸다. 그러더니 불붙은 다이너마이트처럼 성을 내기 시작했다.

"이건 말도 안 돼! 난 공연하다 죽었잖아. 그것도 호버 차량에 매달려서 날아가다가 테이블 로봇에게 얻어맞아 추락해서 폭사했다고. 그런데 이게 뭐야. 조회수가 이게 뭐냐고! 내가 인터넷 기사 조회수를 잘못 본 거야? 내가 지금 망가진 건가?"

"엄밀히 말하자면 완전히 파괴됐지."

민수가 말하자, 티코는 그를 노려보았다. 민수는 입을 다물었다. 마커스는 어깨를 으쓱이면서 말했다.

"에이, 이거 봐. 기사 올라온 신문사가 '이스트 뷰'잖아. 이런 지역 신문은 아무도 안 봐."

민수 역시 마커스의 말을 거들었다.

"맞아. 이런 신문은 캣닢으로 싸서 줘도 안 읽을 걸."

티코는 말없이 다른 데이터들을 내밀었다. 뷰글, 센트럴 뉴스, 조선겨례일보, 뉴뉴뉴욕타임즈까지 뒤졌지만 조회수는 처참했다. 본문 내용도 너무 짧아서 기사 내용보다 광고가 더 많았다. 댓글 역시 별로 남아 있지 않았다. 다섯 개의 기사 중 유일하게 달린 반응은 티코가 죽었으니 머리는 자기 거라는 댓글뿐이었다.

누가 적었는지 안 봐도 뻔했다.

민수는 눈살을 찌푸리면서 다른 뉴스로 넘겼다. 그러자 15초 전에 뜬 뉴스가 보였다. 안티오크 양로원에서 보안부장이 죽었다는 뉴스였다. 민수는 그 뉴스를 열어보았다. 뉴스에는 켈리의 얼굴이 대문짝만하게 실려 있었다. 사인은 심장마비였다. 아마 티코의 죽음에 충격을 받은 모양이었다. 민수는 기사를 쭉 내려 켈리의 부고 기사를 살폈다. 조회수는 티코의 부고 기사보다 압도적으로 많았다. 심지어 수많은 댓글이 켈리를 추모하고 있었다.

민수는 티코의 골이 난 모습도 이해가 되었다. 자살하면 전설의 반열에 오를 거라 확신했는데, 전설은커녕 관심조차 못 받다니. 역시 세상은 잔인한 곳이었다. 민수는 손가락을 쳐들었다. 그는 티코에게 한마디 쏘아붙이려 했다. 하지만 그가 입을 열기도 전에 티코가 먼저 자리에서 일어났다. 그는 데이터를 내려놓더니 한숨을 쉬면서 말했다.

"좋아, 어쩔 수 없지. 이렇게 된 거 다시 하는 수밖에 없어."

"뭘 다시 해?"

마커스가 묻자, 티코는 비장하게 말했다.

"뭘 다시 하기는. 자살이지. 전설적인 자살! 그래, 이제야 알겠어. 행성계 규모의 거대한 콘서트를 여는 거야. 뒤에 적색거성을 배치하고 그 앞에 데스 메탈 전용 해골과 피가 가득한 스테이지를 세우는 거지. 그 위에서 명곡을 연주하다가 마지막에 행성을 하나둘 폭파시켜. 그리고 마지막에는 우주선을 타고 항성으로 뛰어드는 거야. 우주선에는 반물질 폭탄을 가득 채워서 말이야!"

티코는 전에 없던 경박한 웃음을 터뜨렸다. 민수와 마커스는 그런 티코를 안쓰럽게 바라보았다. 아무래도 미쳐버린 게 확실했다. 아니면 클라우드 서버로 넘어올 때 약간의 데이터 손실이 있었다던가.

"뭐, 그래서 또 새롭고 센세이션한 자살을 위해서 일단은 우리 몸을 주문해뒀어. 아마 양로원에 배달될 때까지 시간이 조금 걸릴 거야."

마커스는 고개를 쳐들고서 말했다.

"내 몸까지?"

"그럼, 운전수 고양이 양반. 넌 트럭을 쫓으려다가 죽었잖아. 이 정도는 해줄 수 있어."

감격에 겨운 마커스는 짖으면서 꼬리를 흔들었

다. 민수는 머리 위에 앉아 있는 마커스에게 그만하라고 소리쳤다. 마커스가 투덜거리면서 입을 다물자, 민수는 팔짱을 끼고 손가락을 비비면서 생각에 잠겼다. 그는 티코에게 말했다.

"흠, 몸을 구해준 건 좋은데 말이야. 우리 몸이 양로원까지 배달 오는 데 얼마나 걸리는데?"

"음, 못해도 두 달쯤?"

"너무 느려. 내가 암시장 같은 곳을 조금 뒤적거리면 말이지, 사흘 뒤에는 우리 셋 다 과충전 배터리를 빨면서 지낼 수 있을 거야. 그러니까……."

민수는 티코에게 손을 내밀었다. 티코는 민수의 손을 바라보다가 민수의 손 위에 자신의 손을 얹었다. 민수는 그의 손을 뿌리치면서 말했다.

"네 데이터 손 말고! 돈, 돈을 줘야지. 그래야 내가 주문을 할 거 아냐."

티코는 다시 민수의 손바닥 위에 손을 올려놓았다. 그러자 이번에는 예금 연동 중이란 문구가 떠올랐다. 민수는 수많은 웹사이트를 허공에 띄우고서 가격과 배송 시간을 살폈다. 마커스는 앞발로 홈페이지를 할퀴면서 말했다.

"오, 난 이 신상 앞발이 좋겠어. 예전 앞발은 삐걱 거려서 불편했거든."

그러자 티코가 말했다.

"흠, 난 커스텀이란 걸 해본 적이 없지만, 뭐랄까. 이 화염 도색은 멋진 거 같아."

"그럼 도색된 거랑 앞발 담고, 난 이번에 열전도 액 커스텀으로 가야겠다. 얼굴은 표준."

"민수, 네가 고른 얼굴은 너무 표준형이라고. 조 금 더 록키한 얼굴을 쓰는 게 어때?"

죽음을 맞이한 세 로봇은 저마다 원하는 부품을 골랐다. 장바구니가 가득 찼고 부품들의 호환성까지 체 크했다. 앞으로 무슨 일이 닥칠지는 로봇 예수 역시 알 지 못하는 미지의 영역이었다. 그런데도 로봇들은 새로 운 삶을 선택했다.

설령 그들이 다시 자살을 계획할 거라 해도 아무 도 그들을 막을 수는 없었다. 누군가의 선택을 막을 권 리는 그 누구에게도 없으니까. 그렇게 로봇들은 부품을 기다리며 클라우드 서버에서 내일을 준비했다. 이미 죽 어버린, 죽어가는 자들은 그렇게 조립 라인을 골랐다.

이제 다시 업로드될 일만 남은 것이다.

작가의 말

안녕하세요. 반갑습니다. 우선 이 작품을 골라 주신 독자님께 진심으로 감사드립니다.

이 작품은 2022년 여름에 우연히 떠올린 작품이었습니다. 지금은 고전이 되어버린 게임 <커맨드 앤 컨커 3>를 플레이하던 중 캠페인 데이터베이스에서 '기계의 영혼'이란 항목을 보았습니다. 물론, 저는 고등학생 때부터 <커맨드 앤 컨커>를 플레이한 사람이다 보니, 이미 이 항목을 14년 전부터 알고 있었습니다. 하지만 어릴 적에 플레이할 때와는 달리 작가가 된 지금 보니 감회가 새로웠습니다.

저는 <GDI 캠페인>을 진행하면서 생각했습니다. 만일 기계에도 영혼이 있다면, 분명 엄청나게 고차원적인 기계일 겁니다. 그리고 그런 고차원적인 기계가 자아를 깨우치는 일도 그리 어렵지 않을 테죠. 그렇게 인공적으로 만들어진 자아가 시간이 흘러 늙어버린다면, 무슨 일이 일어날까요?

대충 이런 두루뭉술한 생각이 반죽처럼 머릿속에 떠다닐 때쯤. 할머니와 할아버지께서 언젠가 아프면 요양원에 가야 한다고 말씀하시더군요. 거기다 늙으면 빨리 죽어야 한다는 말은 덤이었습니다. 그 말을 듣자 머릿속에서 영감이 번뜩거렸습니다.

먼 미래, 노인이 되어버린 로봇들이 모인 양로원을 무대로 뭔가 이야기를 써보자고요. 하지만 그때 당시 저는 새로 기획한 중편들을 쓰고 있었습니다. (묵시록의 네 기사들을 모티브로 쓴 중편들로, 중편 중 하나는 자음과모음 '네오픽션 단편 컬렉션 To be continued'에서 보실 수 있습니다.)

그래서 머릿속에 소재를 저장만 해두고 집필은 뒤로 미뤘습니다. 그러다 미팅이 성사되고, 강병철 사장님의 권유로 쓰고 있던 미발표 장편을 마무리 짓자마자 본격적인 집필 작업에 들어갔습니다. 길고도 즐거운 시간이었습니다.

끝으로 지금까지 저를 지지해주신 수많은 분께 감사의 말씀을 드립니다. 특히 이 모든 걸 가능케 해주신 윤여경 작가님께 감사드립니다. 이번에 작품 제의를 주셨던 강병철 사장님, 감사드립니다. 늘 고생하시는 저희 어머니와 가족 그리고 많은 작가님의 조언이 있어 여기까지 올 수 있었습니다. 마지막으로 제 문학적 아버지이신 더글라스 에덤스 작가님과 스티븐 킹 작가님께도 감사의 말씀을 올립니다. 그리고 우구이스 사치코 작가님, 파이팅입니다!

무엇보다 제 글을 선택해주신 여러분 덕에 저는 하루하루 공상을 기록하며 보내고 있습니다. 작가의 말을 쓰는 지금도 저는 단편을 정리하면서 다른 단편을 쓰고 있습니다. 기회가 된다면 다른 시간, 다른 장소, 다른 작품에서 여러분을 만나고 싶습니다.

여러분에게 절대 무적의 행운이 함께하길 기원합니다.

언제나 카르노 기관처럼 효율적으로 행복하시길.

클레이븐

네온사인 02

록스타 로봇의 자살 분투기
© 클레이븐, 2023

초판 1쇄 인쇄일 2023년 10월 23일
초판 1쇄 발행일 2023년 11월 6일

지은이 • 클레이븐

펴낸이 • 정은영
편집 • 이태은 박진혜 최웅기
디자인 • 이선희
마케팅 • 이언영 연병선 한정우 윤선애
최문실
제작 • 홍동근
펴낸곳 • 네오북스
출판등록 • 2013년 4월 19일
제2013-000123호
주소 • 서울시 마포구 양화로6길 49
전화 • 편집부 (02)324-2347
경영지원부 (02)325-6047
팩스 • 편집부 (02)324-2348
경영지원부 (02)2648-1311
이메일 • neofiction@jamobook.com

ISBN 979-11-5740-384-4 (03810)

이 책의 판권은 지은이와 네오북스에 있습니다.
이 책 내용의 전부 또는 일부를 사용하려면
반드시 양측의 서면 동의를 받아야 합니다.